巫克拉拉

Wildwitch 之 是敌是友

[丹] 琳恩·卡波布 著

张 同译

朝华出版社
BLOSSOM PRESS

著作权合同登记号 01-2019-5315

Vildheks5: Fjendeblod
Copyright © 2013 by Lene Kaaberbøl
Published in agreement with Copenhagen Literary Agency, through The Grayhawk Agency. Simplified Chinese translation copyright © 2019 by Blossom Press.
All rights reserved.

图书在版编目（CIP）数据

女巫克拉拉之是敌是友 /（丹）琳恩·卡波布著；张同译. — 北京：朝华出版社，2019.12
ISBN 978-7-5054-4534-5

Ⅰ.①女… Ⅱ.①琳… ②张… Ⅲ.①儿童小说－长篇小说－丹麦－现代 Ⅳ.① I534.84

中国版本图书馆 CIP 数据核字（2019）第 187702 号

女巫克拉拉之是敌是友

著　　者	［丹］琳恩·卡波布
译　　者	张　同

选题策划	刘冰远　张　丽	封面设计	马尔克斯文创
责任编辑	宋　爽　张　璇	插画绘制	徐瑞翔　王　香　等
责任印制	张文东　陆竞赢	排版制作	中文天地

出版发行	朝华出版社		
社　　址	北京市西城区百万庄大街 24 号	邮政编码	100037
订购电话	（010）68996050　68996618		
传　　真	（010）88415258（发行部）		
联系版权	zhbq@cipg.org.cn		
网　　址	http://zhcb.cipg.org.cn		
印　　刷	环球东方（北京）印务有限公司		
经　　销	全国新华书店		
开　　本	880mm×1230mm　1/32	字　数	120 千字
印　　张	6		
版　　次	2019 年 12 月第 1 版　2019 年 12 月第 1 次印刷		
装　　别	平		
书　　号	ISBN 978-7-5054-4534-5		
定　　价	28.80 元		

版权所有　翻印必究·印装有误　负责调换

目 录
Contents

第一章　凝固的时间　　　　　　001

第二章　乌鸦风暴　　　　　　　009

第三章　寂静　　　　　　　　　015

第四章　纪念羽毛　　　　　　　027

第五章　时间之冰　　　　　　　037

第六章　蛋壳　　　　　　　　　049

第七章　她扮演成朋友　　　　　055

第八章　血迹　　　　　　　　　065

第九章　巨石阵　　　　　　　　079

第十章　水蛭女巫归来　　　　　089

第十一章	奥斯卡的讲述	**099**
第十二章	竖琴歌曲和湿透的裤子	**111**
第十三章	蛇的诡计	**123**
第十四章	拉米亚	**133**
第十五章	迷宫	**147**
第十六章	蝎子和超级鼠	**157**
第十七章	守卫	**167**
第十八章	迷宫的心脏	**175**
第十九章	从小猫身上学会的东西	**183**

Chapter 1
第一章
凝固的时间

"你对我爸爸做了什么?"

卡赫拉站在门口。我起初没有察觉到她的到来,但这也许不足为奇——我在客厅的沙发上沉睡,像一只陷入冬眠的熊。小猫躺在我的肚子上打呼噜,身上还半掩着爱莎姨妈的旧毛毯。屋外一片漆黑,我在迷迷糊糊中感觉这应该是午夜。

奇怪的是,汤普没有发出任何声音。通常,一旦它喜欢的人靠近,它就会很激动。但这一次它只是站在地板中央,看起来一脸疑惑。它刚才似乎睡得和我一样沉。

妈妈还没回来。确实,她要一路开车回到水星街,送奥斯卡,打包这一周我住在爱莎姨妈家需要的东西……而且还要接爸爸出院。以我的经验来看,做完这些事需要一些时间。

卡赫拉全身湿透了,她看起来也和往常不太一样。她没像以往那样裹着三件外套,戴着四条颜色鲜艳的围巾和至少两顶羊毛帽。她只穿着一件无比寻常的黑色雨衣,头上什么都没有——当然,除了头发。

卡赫拉一头浓密的黑发现在也湿答答的。

"在下雨吗?"我问了一个愚蠢的问题,我一定还没有完全睡醒。

"我爸爸,"她再次用愤怒又冰冷的嗓音说道,"他在哪儿?他怎么了?"

一切都回到了最初。我该如何向卡赫拉解释,此时米拉肯达大师正躺在韦斯特马克巨大前厅的床上,和爱莎姨妈、波莫雷恩斯夫人、珊妮娅和马尔金先生完全一样,僵硬得像一尊雕像呢?爱莎姨妈和她荒野世界的朋友都躺在那里,我全然不知他们是否还活着。

"发生了一些事。"我说。

卡赫拉以往洒满阳光的脸刚才就有些憔悴,现在愈发苍白了。

"什么事?"她问,"你说啊!"

我必须把那些事说出来了,关于那场在洞穴中发生的残酷战斗。布拉维塔挣脱了禁锢了她四百年之久的牢狱,试图通过我获得重生。

"她想吃了我,"我平静地说,"当时我的身体已经不是克拉拉的了,而是被布拉维塔左右着。爱莎姨妈试图阻止她,但没能成功。然后我就按马尔金先生教我的念'阿迪维特'。接着,他们都来了,一起制止布拉维塔,但……但后来他们……没有死,我认为他们是石化了,而且他们现在还在那儿。"

"哪儿?"卡赫拉问。

"在韦斯特马克。"

她走到我身边。

"给我带路。"她说。

第一章　凝固的时间

003

我非常怕她，我深知她有时会表现得自闭且怀有敌意。尽管她可能并没有想要把我变成长满肉瘤、黏糊糊、像蛤蟆一样的怪物，但只要她用这样的眼神看我，就会让我觉得浑身不自在。

我刚刚告诉她，她的爸爸快要死了。我提醒自己，我当然不能期望她仍然笑着说没关系。

"现在？"在说出这两个字的时候，我感觉这听起来既愚蠢又显得毫无准备，就像今晚的雨一样。

"是的，就现在！"

她伸出手，好像要用力抓我的腿。蜷缩在毛毯下睡觉的小猫突然惊醒，它站起来——足足有二十厘米高——愤怒地冲着卡赫拉发出咝咝的声音。

卡赫拉收回手。

"这是什么？"她问。

"这是小猫。"我说。

"哦，谢谢，我能看出这是只猫，但它在做什么？"她突然停住了，用探究的目光看着小猫和我。

"小狸在哪儿？"她接着问。

我一时语塞，不知道应该说什么。

"它……不会回来了。"我低声说。

"于是你就有了这个小东西吗？"

"我知道它现在还不够强大，但……"

她摇了摇头。

"我无所谓，只要这个小东西不妨碍我们。快点儿！"

小猫再一次张大嘴打哈欠，这一次没有发出任何声响。显然，它和卡赫拉第一次见面，彼此就没有留下好印象。

我站起来，把小猫揽进怀里。我不希望它攻击卡赫拉——它刚刚就想那样做。

"你们要去哪儿？"什么也不是靠在火炉边的枕头上，打着瞌睡问。

"去韦斯特马克，"卡赫拉说，"我要去见我爸爸！"

米拉肯达大师躺在那儿，眼神空洞。他看起来充满愤怒，睫毛卷曲着，和他当时在洞穴中的表情一模一样，没有任何改变。他们之中，包括爱莎姨妈在内，没有任何一个人，在我昨天离开后有丝毫的变化。

巨大的前厅里陈列着五张床，大厅显得不像以往那样宏伟了。现在这儿看起来像医院——我完全无法控制自己的遐想——还有点儿像坟墓。

卡赫拉发出了一声叹息，似乎是在喘气，又像是在哽咽。她走到米拉肯达大师身边，抓住他的手，然后又突然松开。

"他完全是冰冷的！"她说，"为什么没让他的身体保持温暖呢？！"

我试着解释说我们已经尝试过了，用毛毯，用壁炉里的火，用热水袋，几乎用尽了一切办法。

"但是没有任何起色，"我说，"他们现在只能这样了。"

她不听我的话,再次抓起她爸爸的手,清晰地高声唱起荒野之歌,声音异常刺耳,仿佛迎面而来的一记耳光。我的内心燃起了一丝希望,于是目不转睛地看着这些一动不动的人有没有什么变化,有没有出现任何生命的迹象。然而,眼前的一切没有丝毫起色,只是卡赫拉越唱越累,唱得精疲力竭。但她还是在唱。我猜大概又过了一小时,她的声音完全嘶哑了,身体变得无比虚弱。必须得我扶着她,她才不会倒下。最终,她放弃了。

　　"完全不管用。"她用沙哑的嗓音说道,"为什么不管用呢?"

　　"我不知道。"我说。

　　"我不懂,为什么不管用呢?"她的膝盖完全直不起来了,于是我扶她到厨房坐下。什么也不是焦虑地拍着翅膀跟在我们身后,小声发出"噢不,噢不,噢不"的叫声。

　　厨房桌子上方悬挂着一个钩子,什么也不是不自觉地看向钩子,我看见它的羽毛都竖了起来。钩子上挂着一个笼子,我正是透过这个笼子第一次见到什么也不是的——一个流着鼻涕的脏兮兮的小生命,它没有达到主人对它的期望,仅仅因为总是跟随奇美拉,就被奇美拉遗弃在这里。它不知道"朋友"和"自由"这两个词的意思。到这时,它才刚刚意识到,再次来到这里的感觉一点儿都不好。尽管它的羽毛已经柔软下来,它还是很焦虑。看起来,它焦虑不只是因为自己以前的经历。

"他们为什么如此安静呢？"它问，"爱莎……她的眼睛那么空洞，你猜她会觉得疼吗？"

"我不知道。"我说，"你知道他们到底怎么了吗？"我希望卡赫拉能给出一个答案，因为她是一个极其聪明的女巫，比我强多了。

但卡赫拉摇了摇头。

"我以前从来没有见过这样的状况，"她说，"看起来他们像是完全僵硬了，这可能和时间有关。"

"什么意思？"

"我爸爸曾经告诉过我，如果一个人经历了残酷的考验，也就是说被施了魔法，那就应该和时间有关，时间就像变慢了，或者说停顿了几秒一样。"

我回想起那些"残酷的考验"，重新找到了那种感觉，时间凝固了，似乎一切都在缓慢地重现。

如果卡赫拉说的是对的，那就意味着这五个无法活动的身体在一段漫长的时间内静止了？就在两次心跳之间，在一呼一吸之间静止了？这样一想我似乎有一丝心安，无论如何，这比只是看到他们毫无知觉、一动不能动要好得多。

"怎么样才能让时间再次开始流逝呢？"我问。

卡赫拉翻了个白眼。"如果我知道，你觉得我会不采取行动吗？我完全无法确定是不是和时间有关，我只是猜想。"

"那……我们该怎么做？你觉得乌鸦之母能帮忙吗？"

卡赫拉用肘部抵着桌子，双手捂住额头。她发出细

第一章 凝固的时间

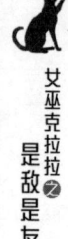

小的声响，像是叹息，又好像说了句什么，然后便把黑色的头发轻轻向后捋了捋。她的表情看起来有些扭曲，和往常大有不同。

"我们还是试试吧。"她说，但听起来并不乐观。

我想到了汤普、星辰和山羊，它们独自在家，至少在我妈妈回来之前是这样。

"我发一条短信，"我说，"这样妈妈才能记得给动物们喂食。快，卡赫拉，我们出发吧。乌鸦之母应该知道怎么做！"

我想到了崖柏，乌鸦之母的首领。她大概是我认识的最有智慧的女巫了。

卡赫拉站了起来，她的脸上写满了严肃与决心。

"抓牢这只猫。"她说，"如果这样做真的有用，我们最好快点儿，我可没时间在容易迷路的大雾里绕来绕去，如果它跑了还要四处找它。"

我刚想争辩小猫才不会像她想的那样跑开，但我还是忍住了。我又怎么知道小猫的想法呢？为保险起见，我把它包在我的衣服里，系上了最上面那颗纽扣。

事实证明，这是一个正确的决定。

Chapter 2
第二章
乌鸦风暴

笼罩着我们的灰色迷雾挥之不去，有些潮湿，有些微热，甚至感觉黏糊糊的。荒野之路从来都是危机四伏，就连经验丰富的巫师也有可能迷路。况且，我们还缺乏经验，就连卡赫拉也不行。要知道，在荒野世界，她起码要比我厉害一百倍。

"我们还没到吗？"我问。我感觉已经走了一个世纪。小猫打着瞌睡，喵喵直叫，伸展着前腿，从我的衣服里滚了下来。

"我不知道，"卡赫拉低声说，"看着不太对劲，好像是哪里出错了。"

"我们迷路了吗？"什么也不是在我的背包里发出啾啾声。

"没有，"卡赫拉说，"我们已经离乌鸦壶很近了。不过，迷雾好像在扰乱我们的方向。"

是的，就是这个原因！这就是为什么我们感觉仿佛已经走了一百年。我们与其说在空气中行走，不如说像是在水中跋涉，或者实际上是在比水更黏稠的液体里，也许是油——微温又黏糊糊的油。它冲击着我们的耳朵、太阳穴、鼻子和嘴巴。我开始头痛，就和雷暴天气时常有的头痛一样，仿佛脑壳中的物体要爆炸了。但荒野之路上从来没有雷雨天，除了迷雾什么都没有。

一阵微风轻轻吹起了我湿漉漉的头发，我的脖子感到一丝凉意。我不禁觉得这种感觉不错，然后突然意识到哪里出了问题。

"这里从来不会刮风……"我说。

我们身后突然隆隆作响，风越来越大。我转过身，只见远方突然吹来一阵烟雾，我们身后的迷雾不再是灰色的了，而是乌黑一片。

"抓紧！"我朝什么也不是大声喊，同时用两只手紧紧抓住卡赫拉的胳膊。

我完全站不稳了。强劲的气流将我卷起来，我的双脚离开地面，整个人飞上天空，就像秋风中的落叶。一个尖锐的东西重重地砸在我的脸上，像鞭子一样抽打了我的脸。小猫在我的衣服里号叫，紧紧抓着我，挠我。我们在空中飞着，飞向远方。起初我只能看见迷雾，只能听见风暴的嘶吼。突然空气中传来一阵歇斯底里的咆哮，我撞在了树上。

树倒下了，不是因为我，而是因为狂风的力量。我的胳膊好像断了，起初并没有什么感觉，但不一会儿就传来剧烈的疼痛。

我紧抓着卡赫拉的双手不知道在什么时候松开了，但至少我已经不在空中飞了。我躺在地上，躺在潮湿、黑暗又冰冷的大地上。风暴从我身边呼啸而过，一直有东西破碎的咯吱咯吱的声音传来，空气里充斥着嘶

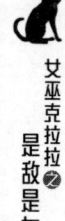

喊声和黑色的羽毛。这时,一阵奇怪的雨落下,落到我的头发上、脸上,还有我放在头顶的胳膊上,竟有一丝暖意。

时间到底过了很久很久,还是只是持续了几秒?时间已经失去了意义。

四面八方都在咆哮。有什么东西掉到了我的身上,感觉像是一根树枝,但我不确定,它又被吹跑了,周围一片漆黑。我听到什么也不是惊恐的叫声:"噢不,噢不,噢不……"我意识到至少它还在我的背包里,没有被风吹走,还活着。

世界突然陷入了寂静。

风停了。

黑暗又持续了几秒,然后便消散了,阳光透过树梢照耀着我们。我举起胳膊挡住眼前的光线。

我的胳膊断了,我心里想,但又不能完全确定。我不知道那应该是什么感觉,而我仍然可以弯曲手指。

这时,我才发现刚刚落在身上的不是雨——一片黑色的羽毛画着弧线轻轻掉落在地上。我的双手、双臂还有脸上满是黏黏的暗红色的血迹。我前方的地面上,几米之外,躺着一只死去的乌鸦。

"噢不,"什么也不是嘟囔着,钻出了背包,"发生了什么?噢不,噢不。"

我环顾四周,没有看到卡赫拉,但根据折断的树枝和倒下的大树,我认出了通往乌鸦壶的道路。

我们离目的地更近了一步，我本该感到轻松，但我心里有了一种冰冷而可怕的预感：乌鸦之母可能也帮不了我们。

第二章　乌鸦风暴

Chapter 3

第三章

寂　静

周围如此寂静。我们头顶的天空湛蓝，阳光穿过潮湿的树枝在地上洒下光斑，让人觉得这个世界风平浪静。乌鸦壶周围有的树被风暴折断了，但大部分树还屹立着。然而还是有哪里不太对劲——树枝空荡荡的，我们完全看不到乌鸦的踪影，也听不见任何声响。没有乌鸦的天空，看起来裸露又空旷。没有它们的叫声，四周陷入沉寂，奇怪极了。

　　"乌鸦们都飞走了吗？"什么也不是悄悄地说。

　　"我不知道。"我有一种冰冷又恐怖的直觉，好像在说："是的，全都飞走了。"我的胳膊隐隐作痛，也许它没有断掉，但如果能有一个成年巫师唱荒野之歌驱散我的疼痛，再给我一杯缬草茶让我安睡该多好啊。但我深知，我受伤的胳膊比起周围的灾难来真是微不足道。

　　一棵巨大的梣木倒在乌鸦壶的入口旁，圆形的洞口处满是折断的树枝，有的只是散落在地上，有的则深深插进土壤，就像帐篷边插的桩子一样。在层层叠叠的树枝下，我看到了一个漆黑的东西。

　　不，不是什么东西，是一个人。

　　在梣木巨大的树冠下躺着一个人，他身上穿着乌鸦之母的黑色斗篷。

"只要不是崖柏就好。"我心想。其实无论是哪个乌鸦之母都很糟糕，不过崖柏在我心中是最有智慧的，或者说她是我最信任的人。

"这儿有个人。"我用还健全的胳膊指了指，"卡赫拉，我们一定要帮助……"

卡赫拉已经开始行动了。她走在以往作为乌鸦壶的出入通道的斜坡上，紧接着从陡峭的悬崖上滑下，同时快速唱着荒野之歌，试图搞清楚我们想要解救的人是死是活。

他是死了还是活着呢？这是我脑海中浮现的第一个念头。好像在风暴降临的时候，我一直在虚幻的气泡中行走，而如今这个气泡破了。

要是死了怎么办？风暴已经杀死了千百只乌鸦，当然也能杀死人，特别是当一棵大树倒下来砸在人身上的时候，这种可能性更大。我忍受着胳膊的剧痛，跑向洞口，不顾小猫不断挠我的衣服和肌肤。

我跑近一些就认出，这不是崖柏，是维拉，那个有些懒惰的乌鸦之母。这个男人曾经在我要通过烈火试炼时，表现得很不情愿。幸好砸中他的不是树干，而是密密麻麻的树枝，但是其中一根树枝像箭一样穿过他的胳膊，把他死死地钉在地上。但他没有死，我能看出，也能感知到。他虚弱地呻吟着，脚在地上用力摩擦。他试图爬起来，但不知道为什么就是做不到。

"等等！"我对他说，"冷静一下，我们一定会救你出来。"

第三章 寂静

017

其他人呢？应该还有人吧，难道他们都死了或者正在遭受痛苦吗？会是这样吗？一想到这里我的心便扭作一团。

卡赫拉又开始唱荒野之歌了，在这方面她比我强太多。我拿着奥斯卡送的小刀，小心翼翼地割断了维拉胳膊两侧的树枝。当然，我们也可以拔出他胳膊中的树枝，但想要伤口愈合，那就需要热水、绷带，还有更多荒野之歌，以及更多人的帮助。

我们可能要自己完成这一挑战了，我告诉自己。

维拉又开始呻吟了。他好像在说什么，但又让人实在难以听清那些字眼。因为剧烈疼痛而流出的汗水浸湿了他灰色的头发，一缕一缕的头发粘在他的脖子上、脸颊上、额头上。

"那些乌鸦，"他嘟囔着，"那些乌鸦……"

说实话，我之前并不喜欢他，但现在却为他难过。尽管手臂被尖锐的树枝刺穿了，可他心里想的却不是自己，他也应该为自己着想啊。

"它们应该还好吧。"我只能说这些话来安慰他。我不能欺骗他，说"它们现在很好"。我的衣服上布满了乌鸦的血迹。

卡赫拉还在唱荒野之歌，显然这样做很有效。卡赫拉的声音听起来干涩又沙哑，她已经唱了很久很久，之前还为她爸爸唱过。这些荒野之歌仍旧充满了力量。维拉的脸不像刚才那样苍白了，整个人看起来缓过来了许多。他试图站起来。

"等一下,"我说着拦住了他,"等荒野之歌唱完。"

尽管有些神志不清,他还是听懂了我的话。他静静地躺着,直到卡赫拉那嘶哑的歌唱结束。

"乌鸦,"他再次说道,"还有剩余的乌鸦吗?"

我无法直视他的眼睛。

"我不知道。"我说。

他的身体发出一声响动,好像内心深处有什么破碎了。他用没有受伤的那只手遮住脸,我猜他哭了。

"其他人呢?"我问,"崖柏、阿库斯……其他的乌鸦之母,他们怎么样了?"他把手缓缓地放下。

"我们一定要找到他们。"他说。

"你最后一次是在哪里看到他们的?"卡赫拉问。

"一切都太突然了。"他说。"我正坐着读书,突然从烟囱钻进来一阵风把壁炉中的火吹灭了。我听到奇怪的声响,先是一声咆哮,后来又传来咯吱咯吱的声音。尽管火熄灭了,周围却变得异常燥热。然后我就发现……胡格死了——我的乌鸦。我无能为力,这一切都发生在一瞬间。直觉告诉我,它不是唯一一个。我跑到屋外,狂风把我卷到空中,而后又把我重重摔在地上。我听到树木断裂的声音,接着……"他抬起被刺穿的胳膊,"我无法挣脱,我以为我会死去,或许那也是最好的结果。"

"那永远不是最好的结果!"卡赫拉用力说道,"生命总归是有一些意义的!"

第三章 寂静

019

卡赫拉为什么冲他发火？她不清楚他遭遇了多大不幸吗？我责备地看向她。她黑色的长发在风中飘摇，像是有了生命一样，但她的脸上毫无表情，一动不动。

奇怪的是，维拉竟然接她的话说道："你说得对，我们要看看在黑麦田上有没有发生什么。"

"我们先帮你弄好胳膊的伤口吧。"我提议，但他完全不听。

"黑麦田，"他重复道，"乌鸦蛋，我必须弄清楚我们是否失去了一切，乌鸦之母还有没有希望。"

黑麦田是乌鸦壶的心脏，是乌鸦之母最深的秘密。这里没有陌生人进入过，维拉起初不想要我们一同前往，但他实在太虚弱了，一个人完全没法儿行动。

"闭上眼睛，"他命令我们，"这是我们内部的秘密！"

我听话地闭上眼睛，但无法关上耳朵，我清楚地听到他吟唱的特别的荒野之歌。那句荒野之歌很短，甚至比"芝麻开门"还要精练。不过，他几乎耗尽了全身的力气才唱出来。我的耳边突然传来了一声巨响，随之感到耳朵里一阵剧痛，于是我睁开眼睛。眼前的维拉正艰难地用四肢抵着地面，或者说用"三肢"支撑着身体，那一条受伤的胳膊蜷在身体里。地面上有一束微弱的光穿过掉落的树枝照上来，形成一个光圈，就像井盖一样，但比井盖大得多。

我们扶着维拉站起来，然后拨开地上的树枝，这样才能打开盖子。我自己永远不会找到这个地方。多少次我在乌鸦壶绕来绕去，但是都没有注意到这里。盖子上面和周围长满了苔藓和蘑菇，可见乌鸦之母花费了多大的力气才让这个入口与周围的自然融为一体。在揭开盖子时，我没看到盖子连着许多条弯曲的根，现在因为维拉的荒野之歌，入口完全打开了。

我发现那束光线不是从普通的灯发出来的，而是来自树根间爬来爬去的火蜥蜴。一些台阶指引着我们来到几乎漆黑的地方，我们扶着维拉走下阶梯。

这里让人吃惊地热，热到我风衣和短袖里的汗珠源源不断地往下流。我们刚刚看到的应该不是火蜥蜴，或者不只是——大家都说它们是冷血动物，从它们身上发出的光应该是很微弱的、苍白的，而且没有温度。我突然想到，这热量应该来自我们脚下的土地。我的脚踝陷入高温的沙子中，好像站在烤了一天太阳的沙滩上一样。

维拉挣脱卡赫拉的搀扶，爬向长着一棵仿佛倒立着的圣诞树的地方。树的根茎向四面八方伸展，就像朝下长的树冠，而树根枝干周围挂着一些精致的草编筐。维拉一个接一个地检查了每个筐里的情况，在看了一遍以后，他陷入沙子中，舒了一口气。

"这里没有什么异样，"他说，"至少这些乌鸦蛋还在！"

与此同时，我们身后的台阶上有人大声叫道："你们不要碰！"

这几个字几乎一半是呼喊出来，一半是用荒野之歌唱出来的。似乎有一股强劲的力量撞击着我，我倒向卡赫

第三章 寂静

021

拉，胳膊上的疼痛突然加剧，这让我只能不住地喘气。

是崖柏从阶梯上走下来了。她的双手伸向前方，两只盲了的眼睛睁得好大，我知道没有乌鸦的帮助，她什么都看不见。站在她旁边的是阿库斯，那个帮她读书认路的小男孩儿。阿库斯正试图托住她的一只胳膊。她身后跟着其他巫师，人数众多，我猜想。但有崖柏在的时候我很难注意到其他人，她就像在发光一样。

"别摔倒，"阿库斯低声说，"夫人小心，这里的阶梯像悬崖一样陡峭。"

"乌鸦蛋没有什么异样，"维拉说，"崖柏，我只是来这里看看。"

"你不是一个人来这里，"崖柏说，"这儿还有一些人，不属于这里的人。"

"是我，克拉拉。"我说，"还有卡赫拉，还有什么也不是，还有……还有……小猫，它是我的新荒野伙伴。"

"她们帮了我，"维拉说，"崖柏，她们的内心不邪恶。"

内心不邪恶？当然我们没有坏心眼儿。崖柏会怎么认为呢？看起来她完全没有误会也没有敌意。

她停下脚步，依然睁着眼睛，好像她自己能看到一样。平时她的眼睛都是半睁或是闭着的，这样会让她看起来比其他人更为平和而安详。

但现在她脸上完全没有一丁点儿的平和。她看起来仿佛准备好会把伤害乌鸦壶的人变成可怜、弱小又让人难堪的东西。

"克拉拉,"她说,"你怎么会在这儿?"

我尽力解释清楚——爱莎姨妈和其他人躺在那里一动不动,以及事情的始末。崖柏侧耳倾听我的话,仿佛这样可以更好地理解每个字。

"爱莎也是……"她听了我的话后说,"还有波莫雷恩斯夫人……还有其他巫师……到底发生了什么?看起来好像有人要将所有巫师杀死,或者让他们半死。那场风暴是魔法导致的,并不是自然发生的。"

"是布拉维塔的魔咒。"我说。

"我们还不能确定,至少她没杀死你。你刚刚说洞穴的入口已经被堵上了?"

"是的,我猜阿里西亚被埋进去了。我们只能从顶部的小洞中钻出来,我不认为阿里西亚可以做到。"奥斯卡在学校里是攀爬能手,他也是在摔下去两次以后才勉强爬出去的。而奥斯卡比阿里西亚瘦一圈,也年轻许多,所以阿里西亚基本不可能做到。

"我确定那就是布拉维塔干的。"我说。

"我可不能确定。"崖柏再次说。

我能感到自己好像也不那么确信了,只是因为她不肯定我的观点。不,我仍然……仍然可以确定。

"乌鸦之母可以帮忙吗?"卡赫拉问,她的声音颤抖着,好像快要哭了,"我爸爸,他躺在那儿,连眼睛都不眨。"

第三章 寂静

023

"我们必须思考一下可以做什么。"崖柏回答道,"不过没有众多乌鸦,我担心我们的力量不够强大。"

"但还是能帮一些忙吧?"

"也许吧。我们先要看看在这场风暴中我们失去了多少。"

这显然不是卡赫拉希望听到的答案。她低下头,黑色的眼睛里闪着泪花。

"你的意思是说,你们先要保全自己。"她的声音冰冷又愤怒。

"你可以这么说。如果接下来二十四小时里,能确保这里的状况不会更糟糕,我们就去帮助你爸爸和其他人。谁能知道如果没有我们的帮助,这里受伤的人还会死去多少呢?"

卡赫拉的嘴唇变得苍白,她好像一时难以呼吸。

"我很抱歉,"崖柏说着将脸转向她,"我能理解这对你来说难以接受。"

"你能吗?"卡赫拉咬着牙挤出几个字,"我觉得你没有理解。"

什么也不是屏住呼吸,我自己也吓了一跳。怎么可以这样对崖柏讲话呢,她可是乌鸦之母中最重要的人啊!

崖柏没有立即回答她。她似乎先"盯"着卡赫拉看了许久,而后缓缓地摇了摇头。

"你可能是对的。"她说,她的声音听起来很疲惫,"但是没有乌鸦的帮助,我们只是普通的巫师。不,或许连巫师都算不上。"

"不要这样说，崖柏！"维拉说。

"为什么不？这是事实。"

"我们有乌鸦蛋，我们还有乌鸦蛋。等它们孵化出来……在几周后，或许几天之后，我们就可以从头开始了。"

崖柏伸出手不断地摸索，直到她找到了维拉的肩膀，和他受伤的胳膊，但他当作什么都没有发生。

"谢谢，"她说，"在这个无比伤痛的日子里，能知道未来还有希望真好。"

卡赫拉向上看了一眼篮子里灰色蛋壳包裹着的无比脆弱的乌鸦蛋，篮子看起来温暖、舒适又安全。

"对有的人来说……"她说话的声音太低，我们完全听不清她后面的话。

第三章 寂静

Chapter 4
第四章
纪念羽毛

那天晚上，巫师们个个疲惫不堪、满身伤痕，灰心丧气地聚集在乌鸦壶。他们找到了一位死去的女巫，是他们当中最年轻的女孩儿，名字叫麦娜。尽管其他巫师都极力阻止她，她还是义无反顾地冲进风暴去解救乌鸦。而现在，她和那些需要救助的乌鸦一样死去了，躺在自己的坟墓中。风暴像对待一只老鼠一样摧残了她。我还记得我们是如何被狂风卷起又摔下，完全陷入一片混乱之中的。

周围依然一片寂静。太阳快落山了，却没有任何一只乌鸦飞过，也没有任何鸟鸣声，只有鲜少的几只白嘴鸦和寒鸦飞到高高的树枝上，在窝中过夜。

六位活下来的乌鸦之母静默地站着，低着头。每个人都戴着一根羽毛，宛如一枝黑色的玫瑰。他们在洞穴中央倒下的树木之间，用一米多高的三角铁架支起了火盆，里面闪烁着一丝微弱的火苗，看起来一点儿都不温馨，也不像是在露营，这不是用来让大家做面包、热茶或是烤干袜子的篝火。火焰看起来也并不温暖舒适，这场面更像是一场葬礼。

也许这只是我的想象。我知道这应该就是一种葬礼，或者，至少算是一场纪念仪式。

卡赫拉和我站在稍外围的地方，和乌鸦壶其他的居民站在一起。尽管有大概四十个人,甚至还有小孩儿,但没有人说一句话。年龄最小的小女孩儿,平时顽皮极了,可今天只是哭闹了一下就钻进妈妈怀里,此外再没任何声响。我自己则感到来自骨子里的冰冷和疲惫,而且对眼前发生的事充满困惑,我的灵魂好像离开了身体一样。我的胳膊依然很疼,但奇怪的是这种疼痛好像离我很远,似乎来自其他人身上。

乌鸦之母一个接一个地朝着火盆走去,将自己手中的黑色羽毛投到火焰中。燃烧的羽毛咝咝作响,迸发出火花,随着烟雾上升到空中。维拉拿着两根羽毛,一根代表自己,一根代表麦娜。

最后一个走上前去的乌鸦之母是崖柏。阿库斯给她指路,四下里太安静了,我都能听到他压低嗓门儿说话的声音。

"就在你正前方。请把胳膊向右上方抬起,不然会烧到你。"

火焰在崖柏空洞的眼睛里跳跃,她按照阿库斯说的,把胳膊向右上方抬起,之后投出了手里的羽毛。

人群中不时传来叹气声。这时崖柏转过身,一只手依旧搭在阿库斯肩上。她的身影看起来更加伟岸,因为阿库斯又小又瘦,只是一个八岁的小孩儿。

"我们今天失去了很多很多,"她说,"所以我们应该一起哀悼。麦娜离开了我们。明天我们要把她献给风,她再也不能见证乌鸦壶的崛起了,但我们一定会崛起!我们没有丧失一切。我要你们铭记：我们还有未来，还有希望，我们还有十六颗乌鸦蛋在孵化。我已经检查过了，每一颗乌鸦蛋都有生命的迹象。十六条生命——只要我们能像它们那些被风暴杀害的父母一样，精心呵护它们，就会有十六只新的乌鸦破壳而出，茁壮成长。让我们在悲痛中依旧怀有期待，我们没有被打倒，我们没有失败。麦娜没有白白丧命——在之后的许多年里，我们的乌鸦壶还会有乌鸦存在！"

突然有人开始吹口哨，这一声响在夜空下显得寂寞又脆弱。随后，另一个人开始鼓掌致谢，他的掌声急促又用力，之后，其他人也纷纷开始鼓掌。这时有人跳起了舞，大多数人站在原地开始舞动——抬起一只脚然后放下，再抬起另外一只……尽管许多人在哭，但很显然，崖柏刚才的发言深深鼓舞了大家。

卡赫拉也动容了。最后，她转身要走，我紧跟着她。

"等等，"我低声说，我不想打断音乐，"你要去哪儿？"

"他们不想帮我们。"她说，"听他们说的话，他们脑子里唯一在想的就是那些愚蠢的蛋。"

小猫开始发出呲呲声。我不太惊讶，因为我能感觉到它不太喜欢卡赫拉。但卡赫拉也冲着它发出了呲呲声，或者，是卡赫拉的头发发出了声音，里面有什么东西动了一下，我没太看清。

"卡赫拉，你的头发怎么了？"

"没什么。"

我揉了揉眼睛,但是周围太黑了,我没法儿看清她。迟疑中,我开始利用我的荒野感知,它就像虫子的触角一样,只是人们看不见它。

奇怪极了,这时传出一声响亮又清晰的咝咝声——卡赫拉的黑发中间出现了一个扁平的三角头颅,一双金色的眼睛里呈现出猫一样的黑色瞳孔,正恶狠狠地盯着我。它吐出细长分叉的芯子——蛇用舌头来感知气味。这明显是一条蛇——一条小蛇——藏在卡赫拉黑色的头发里。

小猫先是受惊地缩了回来,而后又飞速向前一跃,冲着它狂叫,比刚才还有敌意。我努力抓住小猫,但它挣脱了我的双手,试图顺着卡赫拉的腿爬上去攻击蛇。我只和它相处了差不多一天一夜,已经知道它的战斗精神和勇气远远超过了理智。

"小猫!"

它依然不听我的话。

卡赫拉生气地唱了一句荒野之歌。小猫尖叫着摔到地上,躺在那里呻吟,几秒后便突然跳起来消失在黑暗中。

"不要!"我大声喊,但为时已晚,"你对它做了什么?"

"疯猫竖起毛。"卡赫拉只回了这样一句。

"它只是一只小猫啊!"

"好吧,那希望它有一天能有好的举止。"

"卡赫拉,它都尖叫了,你到底做了什么?"

"我吓唬了它一下,它没受伤。这是我刚刚掌握的——让它全身触电,你知道吗?"

记得在一节生物课上,老师向我们解释了神经会向大脑传导电脉冲,但我现在完全没有心情回想生物课本里的内容,只关心我可怜的小猫。

"小猫!"我扯着嗓门儿大声喊。

"等它从惊吓中缓过神来,就会回来。"卡赫拉说,"我发现这就好像……调大它体内的电流。"

"你让它受到了电击?"

"不然我要让它攻击萨迦吗?"

"萨迦?是那条蛇吗?"

卡赫拉点了点头。

"是它教会你让弱小无辜的动物遭受电击吗?"我都能听到自己话语中的愤怒。小猫在黑暗的森林中惊恐又孤独地四处乱窜。与此同时,卡赫拉居然站在这里说"等它从惊吓中缓过神来"。我完全搞不懂眼前的朋友怎么了。

"是的,"卡赫拉说,"萨迦是我的荒野伙伴。既然你能有荒野伙伴,那么我为什么不能有?"

"它是一条蛇?"

"你以为所有的荒野伙伴都要很可爱?但荒野世界不是这样的。"

"我没有那样说。其实你可以直接告诉我关于萨迦的事,这样也许小猫就不会这么受惊了。"

"受惊?这个愚蠢的小家伙要顺着我的腿爬上来。如果我没有那样做的话,它可能已经跳到萨迦头上了!"

"那你就让它受到电击吗？卡赫拉，这样做不对。你想，爱莎姨妈会怎么说呢？"许多年来，爱莎姨妈都是卡赫拉的荒野女巫教练，我知道她会怎么评价一个让动物遭受不必要伤害的女巫。

卡赫拉自己也知道。她咬着嘴唇，但还是不服输。

"什么都不会说，"她说，"因为爱莎现在都不能说话，不是吗？她和我爸爸一样无助。但乌鸦之母完全没把这件事放在心上，他们只在乎自己宝贵的乌鸦蛋，不会帮助其他人。"

"麦娜死了，"我平静地说，"乌鸦也死了。他们需要照顾那些仅存的生命也理所应当吧。"

"有的时候人们会忙于埋葬那些逝去的人，以至于忘了帮助那些还活着的人。"卡赫拉铿锵有力地说，"我想救回我爸爸，这很难理解吗？"

当然不难理解。我也正试图告诉自己，卡赫拉现在的处境艰难，所以才会表现得如此异常。我能感受到在远处的黑暗中，小猫恢复了平静，而且抓了一只老鼠。它的脚掌已经不疼了。看来卡赫拉说的是对的，她最多只是"吓"了它一下。

我不想争吵。卡赫拉是我的朋友，是我唯一一个真正的女巫朋友，也是唯一一个和我一样极力寻求帮助，去解救爱莎姨妈和其他人的伙伴。我们一定要团结起来。

"他们说要把麦娜献给风，这是什么意思？"之所以这样问，一是我真的想知道是怎么回事，二是我想要结束

第四章 纪念羽毛

033

先前的争论。

"她是乌鸦之母,"卡赫拉回答,她显然也因为话题转换而松了一口气,"要么被火化,要么被埋葬。而她会被放在死亡悬崖的一个架子上,直到遗体全部消失。"

"直到全部消失……你的意思是……"

"飞鸟会吃掉大部分遗体,"卡赫拉一口气继续说完,"等大概只剩下骨头了,风就会把它们吹到地上,这样狐狸也能吃掉一些。"

"不……"我一阵作呕,"让它们吃掉她?"

"这也不比在黑色的泥土中被蠕虫、臭虫和蛆吃掉更糟吧?"卡赫拉说,"我们都会通过某种方式被这个荒野世界分解。"

"我不会,谢谢!"我说。

"你也许还没想过自己会死去吧?"

"无论如何目前还没。"死亡,应该是在很老很老的时候才会发生的事吧,不是吗?麦娜没有很老,我突然想到,她只比我大十岁。

"这样啊,那你很幸运,"卡赫拉尖锐地说,"你以后会想到的。"

哦不,她又变得很奇怪,很有敌意。她最近讲话的时候给人感觉强硬、冰冷又尖锐。"卡赫拉,你怎么了?"

她冷漠地看了我一眼。

"没什么,除了我爸爸半死不活,或者因为没人愿意帮助,他马上就要完全死去了。仅仅这些还不够吗?"

我试图把手搭在她的肩上。

"卡赫拉，我不想惹你生气。"

"那就让我静一静！"她喊道，然后转身走开了，消失在黑暗中，和小猫一样。

我身后传来拍打翅膀的声音，什么也不是重重地飞落在我的身旁。

"她很难过吗？"它问。

"是的，"我说，"也很愤懑，还有点儿傻。"

"人在难过的时候很容易做傻事，"什么也不是说，"我自己也有过同样的经历！崖柏问你们愿不愿意一起共进纪念晚宴。"

"太好了，感谢她。"我说，"但我必须先把小猫找回来，而且我猜卡赫拉暂时不会回来。"

第四章　纪念羽毛

035

WILD WITCH

Chapter 5
第五章
时间之冰

"我认真分析了爱莎他们几个人的情况,"崖柏说,"我猜他们几个应该是生命停滞了。"

在我终于抱着小猫赶到乌鸦壶时,纪念晚宴已经结束了。那些在风暴中受伤的人得到了帮助,似乎燃烧羽毛的纪念仪式为这里绝望、沉闷的氛围增添了一丝生机。无论如何,经历风暴后的乌鸦壶稍微放松了一些。并没有太多房屋被摧毁,因为大多数人都住在树根间的洞穴里,我觉得那些洞穴就和防护室一样。崖柏的客厅里落了一些灰尘和屋顶撒下的石灰,一条树根偏移了方向,穿出屋墙;朝向乌鸦壶洞口的窗户不知道被什么击中了,有一片蜘蛛网形状的裂纹。但是,挡雨的遮篷还在,萤火虫照亮了黑夜,壁炉里的火依旧跳跃着。崖柏坐在自己最喜欢的座椅上,她看起来疲惫极了,甚至有些干瘪——她脸上布满皱纹,看起来比以往更瘦,两只盲了的眼睛深深陷在眼眶里。阿库斯为我们沏了茶,氤氲的热气中充斥着重重的草药味道。崖柏的杯子则放在她扶手椅旁的小桌子上,一动没动。

"停滞?"我说,"什么意思?我们该怎么办呢?"

"阿库斯,"她说,"你能不能找一下格来米亚那本关于魔法理论的书呢?我猜它就放在门边书架上最高的那一层。"

"当然,夫人。"阿库斯说,没有立即站起来,"茶要凉了。"他低声提醒了一句,既礼貌又谦卑。

崖柏微微一笑,发出声响地呷了一口茶。阿库斯站起来,不一会儿就拿来一本破旧的皮面书。在阿库斯开始翻书的时候我看见,这本书是手抄的。

"找到关于停滞那一段。"崖柏说,"然后读给我听,谢谢。"

书页传出清脆的声响。它有一股特殊的气味,不只是那种类似博物馆中"这是一本古老的书"的气味,还有一些生命的气息——秋天,我突然想到。就像秋日里森林的气味——树叶颜色渐褪,将要化成泥土时的味道。

阿库斯闭上眼睛开始朗读。

"魔法和时间是同一个事物的两个方面。"他说。

几秒钟后,我突然觉得眼前发生的一切完全没有逻辑可言。我并不是说关于魔法和时间的论断,尽管我现在也没有将两者联系起来,而是我看到阿库斯在闭着眼睛朗读。

"许多我们想通过魔法达成的事,同样可以通过简单的耐心完成。我想让一只兔子来我身边,现在,我可以念咒语让它过来;同时我也可以坐下来等,让它受到好奇心的驱使跑过来。最终达到的目的是相同的,唯一不同的就是时间。"

"这是你自己编的么?"我很难看出他如何坐在这里闭上眼睛,像崖柏一样什么都看不见,说出的话却像是来

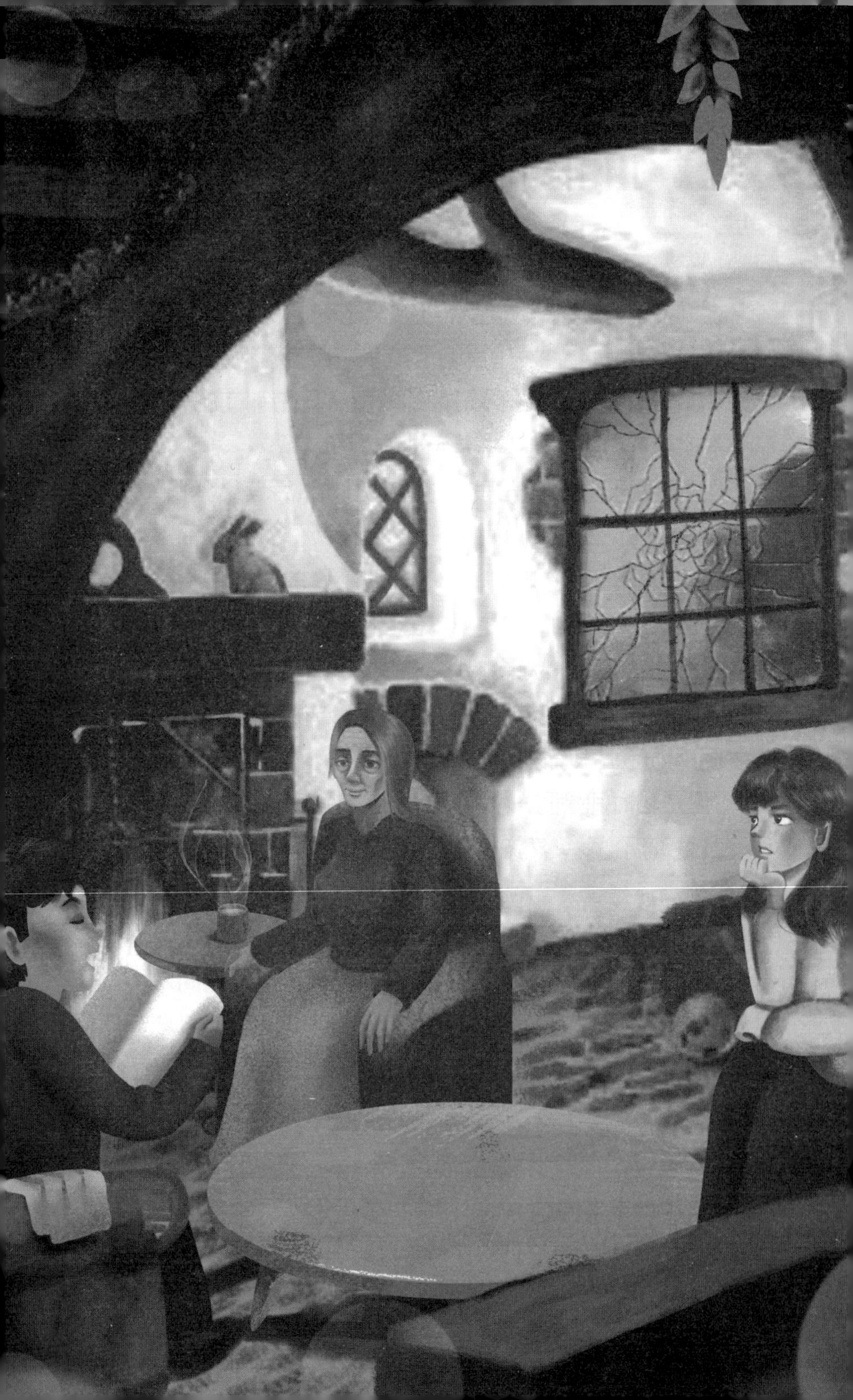

自一本古书。

阿库斯眨了几次眼睛，看起来有些惊恐。他是一个安静又严肃的男孩儿，很少做会引人注意的事。可以说，似乎他完全不想让别人注意到他的存在。我记得崖柏讲过，他是一个被抛弃的孩子。在荒野世界，和动物，尤其和鸟"说话"当然很正常，但阿库斯并非来自荒野世界。他被人从妈妈身边夺走，寄养在另外一个家中。人们以为他是个疯子，都叫他神经病。但他逃了出来，通过询问飞鸟找到了乌鸦之母。知道了这个故事，就能理解为什么他每次引人注意都会不自觉地表现出恐慌了。

"这不是我编的，"他尴尬地小声回答，"这是书里写的。"他向下指了指书，然后垂下了眼睛，好像不看着我的眼睛他会更自在一些，而不是因为他说谎了。我伸了伸脖子，看到几个奇怪的扭曲的字母，他朗读的正是书里写的。

"当然是书里写的。"崖柏说，好像完全没有觉得有什么好奇怪的，"继续读吧。"

可是，崖柏当然也看不到他在闭着眼睛"读"。

阿库斯再次开始朗读的时候，故意朝着我大大地睁开眼睛。这次他读得很慢，遇到古老的单词有些磕磕绊绊。

"同样的，可以用魔法让一棵树发芽，让一朵花盛开。当然，我们也可以怀着耐心等待它们在适当的生长季节成长和开花。治疗疾病时，我们也会面临同样的选择。

还有，比如我们会出于懒惰或者急迫用魔法从一个地方到另一个地方，但我们也可以用双脚走过这段路程，只是稍慢些罢了。以上这些事我们都可以用'有时效'的魔法来实现，改变的只是过程的时间长短。当然，有时我们也不希望让未来太快降临，或者驱使其他人加快速度。每个动物、每株植物、每个人都有自己生存的原因。一场风暴可能朝着某个方向，我们让它选择另一个方向。一个我们从未去过的地方，我们会用尽毕生到达。一切终将实现，因为我们不会屈服于荒野之路上的迷雾。我们说自然进程是'无时效'的，但我们有时会跳出时间，去强制实现一个不属于这个时间点的、非自然而然发生的目标。巫师们，要注意，这一切不是没有危险的，也不是不需要付出代价的。跳出时间便是跳出生命。这就像屏气一样——大家可以保持一会儿，可以通过练习变得越来越强，也许屏气的时间会越来越长，但也会无法再次呼吸，这样必将会死亡。'有时效'的魔法会强制或避免一件事的发生，这是很恐怖的。如果脱离时间太久，或者事情的发生太过剧烈，有人就没有能力、意愿或者清醒的头脑找到返回的路了，而此时他的身体还留在停滞状态——僵硬，无法感知时间，失去了精神和生机。如果不改变这种状态，生命迹象就会随着时间消失，身体也会死去。对大多数人来说，这意味着灵魂的消散，但如果有人怀有强烈的回归意愿和生的希望，那么他们会存活在时间之外，永远试图追寻破碎的身体。或者，更糟糕的，他们会选择通过其他人的身体来存活。我们称这些人为重生者,他们也是邪恶的所在。即使他们想要重生的本意是好的、无私的,甚至是仁爱的、善良的,所有的重生都需要以其他人的生命作为代价。他们吞噬的生命越多,就会愈加饥饿和贪婪,直到消灭所有人。"

阿库斯朗读得越多,眼神就变得越不安。他的视线从书转移到崖柏,再从崖柏到我身上游离,然后再回到书本,看起来像是一个晚上会失眠的人。

我坐在那儿,身体从内到外完全是冰冷的,甚至感觉不到茶杯传来的温度。从这些古老的话语中,我完全理解了爱莎姨妈和她的巫师朋友们因为我而遭遇的苦难。他们被带到了时间之外,如果我们不能帮他们,他们要么走向死亡,要么变成重生者,后者比前者更恐怖。重生者布拉维塔已经够可怕了——我没有真正见过她,但如果能知道怎么可以见到她,我会毫不犹豫地把她推回那个她永远无法逃脱的坟墓。但……如果重生者是爱莎姨妈呢?

"但……"我几乎无法发出声音,"怎么才能让他们脱离停滞状态呢?"

"书里没有提到,"阿库斯说,"或者说,只提到了一点点。"

"读出来,"我说,"把提到的那一点点读出来!"

"好的……我……这部分是更古老的字符。"他打开书让我也能看见。的确如此,在可以多多少少读懂的字符之间夹杂着一小段特别的文字。"这是因为抄录者在写

第五章 时间之冰

043

下其他人写的东西时,我想说她在抄写时,也采用了原本的字体。"阿库斯解释道,"这些文字来源于一块古老的石头,而不是一本书。"

"你能读出来吗?"

"不能……"他有些犹豫,仿佛被什么东西卡住了嗓子。"我只能闭着眼睛读。"他接着低声说道。

这看似完全没有道理,但仔细想想,我确实觉得他睁着眼睛读得要比闭上时更不流利,更磕磕绊绊。

"为什么?"我又问。

"噢……"崖柏突然说,"小阿库斯啊,你完全没有告诉过我这件事。"

"什么?"我问。

"如果我闭上眼睛,"阿库斯说话的声音太低了,要有老鼠的耳朵才能听见,"我就能听得更清晰。"

"这些书,"崖柏说,"这些魔法书都有很强的生命力和灵魂,它们几乎能自己讲述其中的故事。如果有荒野感知力的话,就能听到它们说的话。小阿库斯,你的力量如此强大,都让我有些惊讶了。"

我目不转睛地盯着那本书,它看起来只是一本泛黄的古书。我努力尝试闭上眼睛,试图调动所有的荒野感知,但我的"耳朵"显然不如阿库斯的那么灵。

"好吧,那就闭上眼睛。"我最后说,"读!"

"书里说停滞状态可以被打破,"阿库斯继续用读书的语调说,"但我从来没见过这样的事发生。然而,许多人认为乌鸦石给了我们答案，在石头上有这样一段文字：

意在时间
打破时间之冰
时间增加
乌鸦之眼
时间和生命再次流逝

如果这就是答案，难免太晦涩。但荒野巫师不仅将乌鸦称作智慧之鸟，也称它们为时间之鸟，所以也许我们只能通过乌鸦之眼来解开这个谜。"

阿库斯看向上方。

"只有这些了，"他说，"其他内容都与此无关了，后面只提到了许多动物魔法和植物魔法的区别。"

"没事，阿库斯，"崖柏安慰他说，"这正是我需要重新听的段落。"

"那么，"我说，"我们怎么才能真正借助上这些文字呢？如果我们不知道……"这本书的作者叫什么来着？我很快扫了一眼书脊上的文字，"如果连格来米亚也不知道这是什么意思，我是说乌鸦石上的文字……"

"格来米亚不是乌鸦之母，"崖柏说，"她无法通过乌鸦的眼睛来审视这个世界。你知道吗，当一只乌鸦看待一个问题——比如说，如何抓到掉落在许多树枝间的食物——它会进行多次随机尝试吗？不。它能立即看到所有不同的可能性，然后选择胜算最大的那种方式。它能在短时间内一次性洞察一切，不会把精力浪费在没用的事物上。在面临一些无法控制的事，或是一些极其复杂、包含着各种可能性和危险的事时，我不知道从哪里开始，在哪里结束……而戈尤斯，我之前的乌鸦，它无法理解我为什么那么愚蠢。它能立即找到正确的道路。永远不要和乌鸦下棋。没有多少乌鸦愿意做这件事，但如果它们做了，它们可以掌控整盘游戏。我说的是掌握全局，包括所有可能的走位以及每一次你试图进攻带来的后果，它们仿佛能看穿即将发生的一切，和看到眼前的事物一样清晰。如果你在意输赢的话，永远不要和乌鸦下棋。"

我完全没有想过这件事。我之前并不知道这些规则，也难以想象要如何向一只鸟学习。但我听懂了她说的意思。

"我之前都不知道它们这么聪明。"我说。

"在鸟类中，乌鸦拥有最强大的大脑，"崖柏说，"它们懂得如何使用大脑。所以，也许乌鸦之母和他们的乌鸦可以打破时间之冰。"

时间之冰，听起来冰冷又残酷，可这和爱莎姨妈及其他人的遭遇完全相符。

"但……"我说，"现在这里已经没有乌鸦了……或许只要是乌鸦就可以，是吗？"这个世界上一定会有生活在乌鸦壶之外的其他乌鸦。

"这里的乌鸦……"崖柏说，能听出她声音中夹杂的失意与怀念,"这里的乌鸦已经和人类一同生活千百年了,我们互相汲取灵感。我不认为来自其他地方的乌鸦能理解人类的需求,至少不会是以同样的方式。我们只能等到乌鸦蛋孵化出来——希望这些小生命能快速茁壮成长。"

等待,我心想,等待需要时间,而爱莎姨妈也许等不及了……生命迹象消失需要多久来着?爱莎姨妈的巫师朋友们虽然魔法强大且聪慧过人,但珊妮娅很年轻,波莫雷恩斯夫人年事已高。人在那样寒冷的时间之冰中到底能存活多久呢?

"乌鸦蛋孵化需要多久呢?"我问。

"几天时间。"崖柏回答。

WILD WITCH

Chapter 6
第六章
蛋 壳

我不知道卡赫拉到底是什么时候回来的。无论如何，很晚吧。崖柏和阿库斯已经睡觉了，小猫躺在我的膝盖边。尽管什么也不是试图陪我醒着，但时不时地能听到它嘴里传来呼噜声，伴随着拍打翅膀的声音，仿佛在争辩着说："我还醒着！我还醒着！"

我已经精疲力竭，渴望买一张通往梦境的门票，但我为卡赫拉担忧。我觉得应该让她听听我们发现的关于时间之冰和乌鸦之眼的古老传说，让她知道还有希望。这也许能让言辞锋利、怀有敌意的她平和下来。

可我没能醒着等到她回来。阿库斯找来了枕头、毛毯还有一些舒适柔软的床垫，这样我们就可以睡在崖柏的客厅里，不用去那个被风暴毁坏了两扇窗户的客房了。我还是在困意挣扎中睡去了。而卡赫拉在进来的时候太安静，她突然就站在这儿——一个暗影站在火炉边微弱的光线里。她没有开灯，一直在翻自己的背包。我揉了几次眼睛才确信看到的是她。

"卡赫拉……"我小声说。

她停下手中的动作，"怎么了？你继续睡。"

"不，我一直在等你，你认真听我说。"

我向她讲述了那本古书中关于脱离到时间之外的内

容,还有乌鸦石上的诗句。

"所以,这样看起来乌鸦之母可以帮忙,我们只需要等乌鸦蛋孵化出来并且……卡赫拉,你在听我说话吗?"她看起来完全没有在听。卡赫拉什么也没说,尽管我看不清她在暗影中的脸,但仍然确信她既没有一丝放松,也没抱有任何的希望。

"当然,"她只说了一句,"我又不是聋子。"

"那你不觉得有可能会成功吗?我们可以帮助你爸爸,还有爱莎姨妈、波莫雷恩斯夫人、珊妮娅和马尔金先生,还有……"

"你真的相信吗?"她愤怒地说,"能帮上忙的乌鸦至少要是个天才,而刚刚从蛋壳里孵化出来的小鸟和其他小宝宝一样愚蠢,在前几个月它们只会睡觉、吃饭、拉屎——就算最天才的那只乌鸦也是如此。"

"但……"

"你太容易相信别人了。"她说,"如果有一个成年人站在你面前说'来吧,我能帮你',你就会扔掉手中所有的东西,把一切统统交给他。你什么时候才能意识到有的事只能靠自己?没人能帮你,真的。即使他们这么说,也是为了安抚小宝宝。他们想让你住嘴,不要不停地嚷嚷。"

我不知道该说些什么,我无法和这样的卡赫拉交谈。我想让以前的卡赫拉回来,那是个可以和我一起度过愉快时光、一起克服困难的卡赫拉。当然,以前的卡赫拉也会在我动作太慢或者轻言放弃的时候对我缺乏耐心,但不会像现在这样——如此冰冷,如此刻薄。她说的每一个词,似乎都在给我的伤口上撒盐。

"我以为你会开心的。"我最终长叹了一口气。

"是,你以为是那样。"她冷冷地说,但态度似乎稍有缓和。"你躺着休息吧,"她的语气听起来友好了许多,"反正现在也没什么可以做的。"

她躺在我们为她准备好的床垫上,把毛毯一直拉到头顶,看起来像是一根包装在真空袋里的香肠,而不是一个小女孩儿在睡觉。但我能看到,这根"香肠"肩膀的位置似乎在发抖。

"卡赫拉,"我轻声说,"你哭了吗?"

她没有回答。我想要不要爬过去给她一个拥抱,因为我很理解她现在有多难过,多为她的爸爸担心。但我又害怕这样做只会让她再朝我泼冷水。最后,我还是躺下,把毛毯拉上来,没超过头顶,但盖住了整个脖子。

"晚安。"我小声说道,但没有收到任何回应。

被一声尖叫从梦中吵醒从来都不是一种好的体验。

更何况不是做了噩梦的小孩儿的尖叫,而是一个成年人的尖叫——是那个我曾经满怀期待会帮助我们解除灾难、让荒野世界归于平静的成年人。

是崖柏在尖叫,撕心裂肺,充满绝望。

"乌鸦蛋啊!"

她一跌一撞地走出她的卧室，穿着睡袍，一头灰色的长发朝四面八方飞舞。她眼睛睁得大大的，就和一天前她以为我们是要去破坏乌鸦蛋的陌生人时的样子一模一样。

我坐起来，小猫已经不见踪影，卡赫拉也是。看来她已经起床了——她的毛毯整齐叠放在床垫上。崖柏在客厅里慌乱地移动，差点儿要摔进椅子里——也许是因为我们打乱了原有的布局。

"小心……等等……"

她似乎完全没听我的话，冲着门的方向走过去，我不由地想到了外面断裂的大树和落在地上的树枝。阿库斯去哪儿了？应该有人帮助她，她才不会受伤。看来这个人只能是我了，尽管我远不如阿库斯那样聪慧。

我快速地穿上鞋，顾不上其他。什么也不是惊恐地瞪圆了眼睛，小心地问："发生了什么？"但我完全没有时间去安抚它。我追着崖柏跑去，毕恭毕敬地抓住她的胳膊，防止她被树枝绊倒。

"等等，"我坚定地说，"如果你走得太匆忙，掉进坑里爬不出来，不是完全没有意义吗！"

她什么也不答，还是尽力赶路。

"你要去哪儿？去洞穴里吗？"如果是乌鸦蛋出事了的话，她一定是要去那里。

"是的，"她咆哮道，"快！"

并不是只有我们前往洞穴。黑暗中，其他巫师也在纷纷赶向那里。所有乌鸦之母——六个在风暴之后幸存的

第六章 蛋壳

053

乌鸦之母——都被头脑中传来的还没破壳的小乌鸦的尖叫声吵醒了。

洞穴在无尽的黑暗中泛着红光，有的来源于火蜥蜴，有的来源于几盏普通的油灯。在微弱的光线中，我能清晰地看到破碎的蛋壳。

满地都是蛋壳。弱小又湿津津的小乌鸦躺在破碎的蛋壳间——它们在破壳之前就死掉了。正中间站着阿库斯，他双手沾满蛋清，手里还托着一只小小的快要失去生命的乌鸦。它大大的头颅在细小的脖颈儿上垂下来，除了翅膀上细微的羽毛之外，身上光秃秃的，全身泛着紫色。

"阿库斯！"维拉大喊，"放下那只小鸟！现在！"

崖柏挣脱我冲向前面，她伸出双手不断摸索着。

"阿库斯，"她喊道，"你在哪儿？你干了什么？"

阿库斯睁大眼睛急切地盯着她。

"他摔碎了乌鸦蛋，"维拉的声音因愤怒而颤抖，"没放过任何一个！"

阿库斯张开嘴巴，但一句话也没有说。

崖柏小声说道："不，这不是真的。阿库斯，这不是真的，对吧？"

阿库斯闭上眼睛，消失了。

他没有从我们身边跑过或者藏到什么后面。他就真的消失了，和之前跑掉的小狸一样。一秒钟之前这儿还站着一个可怕的小男孩儿，手里握着小乌鸦。一秒钟之后，只剩下荒野迷雾慢慢扩散开来，遮住了我们的双眼。

Chapter 7
第七章
她扮演成朋友

我和一大群人一起在乌鸦壶附近寻找阿库斯。可我觉得这完全是白费力气，因为我们亲眼看见阿库斯突然消失在荒野迷雾中。他有这样的本领，为什么还要藏在附近的某棵树后面呢？如果乌鸦壶的巫师沿着荒野之路寻找的话，成功的概率应该更大吧——有四个乌鸦之母朝四个方向去了，但失去乌鸦的他们可能并不比其他人强大或聪明，或许恰好相反。

并不是每个人都有油灯，我就没有。所以，这样黑灯瞎火地在附近找来找去更没有意义。除非阿库斯躺在某个地方，而我正好踩到了他，否则我肯定什么都发现不了。我只是占据了队伍的一个名额，仅此而已。

我当然可以拒绝和他们一起搜寻。但当时所有人都太激动、太愤怒又太困惑了，许多人都认为是阿库斯打碎了所有乌鸦蛋。但还有一些人，比如崖柏，觉得这实在是难以置信，因此只想找到他，问他到底发生了什么。我很担心他们一旦找到阿库斯会对他做什么，他们如此气愤，做什么也都合乎情理。可是万一他们把所有的怨恨都发泄到阿库斯身上，但其实并不是他干的，又该怎么办呢？

这一切都糟透了——起初是乌鸦，现在又是可怜的乌鸦幼崽。这件事本身就残忍，也扑灭了我心中刚刚燃起的希望——我曾憧憬着在乌鸦的帮助下唤醒爱莎姨妈和其他人，把他们带回到正常的时间之中。但我实在难以相信阿库斯会这样做。

"噼唔。抓。"

我停下来抱住脑袋。这是什么？

"噼唔。噼……唔。抓！"

"噢，"我大喊，"停下！"

好像有什么东西在我的脑子里用力抓挠。

一个走在我旁边比我大几岁的女孩儿也停下了脚步。

"怎么了？"她问，"我们要跟紧人群，要不然就掉队了！"

"你先走，不要管我。"我立即回答道，因为我大概猜出身上发生了什么，但不想告诉她。"我的脚扭了……"

她提起手里的灯看了看我，脸上的表情似乎在说，这是她听过的最苍白的解释。

"你需要帮助吗？"她问，很明显她当下并不觉得我的脚踝有多么重要。

"不用。"我说，"我自己来，你继续往前走吧。"

她走了，不一会儿我就孤身一人站在轰隆作响的黑暗中，人群和他们手里举着的灯离我越来越远。

"好了，"我压低嗓门儿说，"你想怎么样？"

小猫和小狸不同。小狸一直是人类的朋友，几百年来都承载着翠碧的灵魂，所以在和我"讲话"时会使用人类的语句。虽然它会的不是很多，却是完全可以听懂的人类的语言。

小猫不会人类的语言，至少现在不会。但等我停下脚步让它出来时，有那么短暂的一瞬间，我仿佛从它的眼睛里看到了新世界——

我发觉了那些声音和气味。森林的地表散发着松针、蚊子和狐狸的气息，夹杂着血液的味道，还有一些黏糊糊的新出生的东西带着微弱的脉搏。光线洒在树间，不是阳光，但是很相像。万物都很清晰，几乎全是黑白两色——黑色的阴影和灰白色的月光。还有，在那儿，在被风暴连根拔起的树根下，藏着一个人类的小孩儿，他长着黑色的眼睛和灵活的耳朵，视觉和听觉几乎和猫一样敏锐。他不愿意站起来，从他身上一直传来奇怪的声响，他的脸颊上一直有泪水流下。眼前的一切那么怪异，但一只猫并不能就此做些什么，那里需要一个人……

"你们在哪儿？"我问。但小猫无法给我指路，只是我体内忽然一震，似乎它伸出一只爪子，在我体内安了一只遥控器一样的东西。我不得不转过身，开始朝乌鸦壶的方向往回走。

在没有灯的夜晚行走在森林中真的是步履维艰，更别说这里连真正的路也没有。我必须跨过掉落在地上的树枝，绕过结着蓝莓的矮树，避开带刺的细枝。于是，我开始使用荒野感知，这段旅程便稍微容易了一些，至少我能感觉到哪里有活着的树。但我并不能用这种方法"看"见死掉的植物，因而误撞了一棵被移位的松树，又被倒在地上的树干绊了一下。

我最终在乌鸦壶附近找到了他们,从树干间能看到他们手里的几盏灯依旧亮着。小猫没耐心地喵喵直叫,顺着我的腿爬上来。于是我解开大衣,让它钻了进来。它趴在我的一只肩上,激动地晃来晃去,好像在说"你到底去哪儿了"。我在想着要不要指出是它自己从我身边离开的,但终究还是没说出口。我当然不能和一只猫争论,况且目前最重要的是查明阿库斯到底怎么样了。

那一群搜寻的人已经经过这里,然而并没有看到这儿正坐着一个瘦弱的小男孩儿。他藏在黑暗中,用胳膊保护着一只幸存的乌鸦幼雏——我通过我的荒野感知和小猫明锐的洞察力能感觉到它的心跳——虚弱又快速,像正在扇动着的蝴蝶的翅膀。

"它很冷。"阿库斯小声说。我很难听见他的声音,但还是努力地分辨他到底说了什么。"你愿意帮帮我们吗?"

"当然。"我说。当我看到他坐在这里,小心翼翼地握着乌鸦幼崽,真的无法相信他是那个捏碎乌鸦蛋的坏蛋。相反,他正在努力挽救最后一只幸存的小乌鸦。"我应该怎么做?"

"我已经为它唱了荒野之歌,"他说,"但它仍然很脆弱。"

他的声音很轻,在黑暗中,我能听到他牙齿打战的声音。他全身发冷,精疲力竭,尽管没有啜泣,也没有哽咽,但仍然能看出他在哭——眼泪不断地从他的脸颊上流下。如果小猫会人类的语言的话,它一定会告诉我这件事的真相。

"我们可以回乌鸦壶,"我说,尽管我自己也不能确定这是否是一个好主意,"那儿很温暖。"

"不,"他说,"他们……他们恨我。"

"并不是所有人,崖柏很为你担心。"

他抬起头看着我,尽管这里一片漆黑,但我仍然能看见他的眼睛在月光下闪烁。

"她……她……"他断断续续地说,"她说,'你做了什么?'但我什么也没做啊。我只是拿起了……爱娅。"

"爱娅?"

"它太虚弱了,"他说,"差点儿就死了……我不能让他们把它从我身边夺走。"

他说的一定是那只乌鸦幼雏。他给它起了个名字,他知道这是一只雌乌鸦——甚至鸟类专家也不一定能分辨出雌雄的差别。

"它是你的荒野伙伴吗?"我小心地问。

"我……我没这么想过,我只是不能……让他们抢走它。现在他们恨我。他们那么气愤,回到他们身边会让我感到痛苦!崖柏……崖柏当时也那么生气。"能听出来,这一顾虑对他来说几乎是无法承受的。

"她并不是对你生气。"我说。

"你怎么知道?"

"因为我知道她是害怕在你身上发生了什么事。事实上,并不是你破坏了那些乌鸦蛋,不是吗?"

"不是我,"他说,"是那个头上长着蛇的女孩儿。"

头上长着蛇……我只认识一个头发里藏着蛇的人。但卡赫拉……卡赫拉她应该不会……

我打了一个冷战,并不是因为周围的温度太低。

"他们现在脑子里唯一在想的就是那些愚蠢的蛋。"我似乎依然能听到卡赫拉歇斯底里的声音——她咬牙切齿地挤出这几个字,仿佛没有关注她的爸爸而是去帮助其他人就是一场谋杀。但她也不能……她应该不会……

"你怎么猜到是她?"我能听出自己问这句话时声音在不自觉地颤抖。

"因为我看见她了。"

"你亲眼看见她破坏的?"

"是的。我从梦中惊醒……因为我听到了爱娅的惨叫……所以拼尽全力跑过去,但……她……满地都是蛋壳和死去的乌鸦幼雏,她……她踩碎那些蛋,然后带着最后一颗蛋离开了。"

"最后一颗蛋?"

"是的。有一颗蛋没被踩碎,但被她带走了。我能……我能感觉到那颗蛋里的小乌鸦。它知道其他乌鸦都死了。它藏在里面,不愿意出来……"

"你能感受到它?"

阿库斯点了点头。

"爱娅也可以,"他说,"它们会交谈。"他眼睛看向我,从这双眼中能看到的东西太多了,"你一定要帮帮我们。我们要找到她,但……我自己恐怕做不到。爱娅全身冰冷,我们也没有食物。我不敢……我现在不敢回乌鸦壶。"

真的是那样吗?阿库斯真的看到卡赫拉偷走一颗乌鸦蛋,还踩碎了其他蛋?她为什么要那样做呢?但确实,自从我告诉她米拉肯达大师的遭遇后,她的行为举止就一直很异常。

我想起了一些我曾经试图忘记的事,这些事在不知不觉之中出现在我的脑海里。

当阿里西亚收集血液打破布拉维塔的牢狱时,她也使用了卡赫拉的鲜血。她称之为来自南方的血液,敌人之血。

"血自南来,敌人之血,伪装为友,然非吾友……"

不会的,不会是这样,我不相信。在卡赫拉和我一起经历了那么多事以后,我不能相信这些话。这就像突然有人站出来说奥斯卡不是我的朋友,而且从来不曾是过。她扮演成朋友,但实则不是……如果这是真的,那卡赫拉扮演得很成功。我曾经无比信任她,百分之百地信任。

我想抓住阿库斯,不停摇晃他,直到他承认自己说谎了。但我的内心最深处知道他并没有撒谎,我能感觉到。这也是为什么在我醒来的时候卡赫拉已经不在了,她的毛毯整齐叠放着,就像根本没有被用过。无论我喜不喜欢这件事，无论我能不能理解这件事，但这就是事实——

卡赫拉踩碎了乌鸦蛋，杀死了乌鸦的幼雏，并且偷走了最后一颗乌鸦蛋，带着它逃走了。但她去哪儿了？她想用那颗蛋做什么？

第七章 她扮演成朋友

Chapter 8

第八章

血迹

我感觉自己像一个小偷，但我也是迫不得已。
"你在做什么？"什么也不是问。
"我借几块毛毯，还有一些食物。"
"为什么？"
"因为……因为我们要出去寻找偷走乌鸦蛋的贼。"
什么也不是不安地拍打着翅膀。
"有人偷走了乌鸦蛋吗？"它又问。
"是的。"我本来不想说，但……什么也不是也是卡赫拉的朋友。这太难了——什么也不是才刚刚知道"朋友"这个词是什么意思，我该如何向它解释，有的人在某一天是朋友，而后……变成了敌人。她扮演成朋友，但实则不是。我怎么才能和它解释这件事呢？
"阿库斯说……阿库斯说卡赫拉拿走了一颗蛋，踩碎了其他蛋。"
"不。"什么也不是说。
"你说的'不'是什么意思？"
"卡赫拉不会那样做。"
"这样啊，但她做了。"
什么也不是看起来一脸茫然，我理解它的感觉。
"她做了？真的？"

"是的，真的。"

"但是……为什么？"

"我不知道。"我拿起崖柏提供的生姜蛋糕，把它整个倒进塑料袋里。这并不是适合出行时带的食物，但我们只有这些了。"你要一起去吗？"我问，尽管已经知道答案是什么了，"还是你更想留在这儿？"

"我当然想一起去！"什么也不是说，"但我们要去哪里？"

"阿库斯说他能听到卡赫拉带走的那颗蛋里乌鸦幼雏的声音，这样我们一定能找到她。"

"那么……崖柏呢？我们要和她说什么吗？"

我考虑过了，我想等等。本应告诉她我们所知道的，但这种感觉还是像在背叛曾经的朋友，尽管她曾经也不是，或者……

不，这不是什么有待查明的东西。

"我写个小纸条吧。"但我只写了我们发现"有人"偷了一颗蛋，并且会试图找到这个贼，而且不是阿库斯弄碎了乌鸦蛋。我把字条留在饭桌正中央，希望有人能看见，再读给崖柏听。

"我们最好快点儿出发，"我对什么也不是说，"在他们回来之前。你准备好了吗？"

"当然。"什么也不是说着，表现得异常兴奋——我能看出它其实很害怕，在地上团团转。"我准备好了，没问题。出发，出发……我完全准备好了……"

第八章 血迹

"好的。"我说。

"但是，嗯……"什么也不是紧张的情绪依然没有放松下来，"克拉拉……你确定这是个好主意？"

"当然。"我说，尽管我可能比什么也不是更加怀疑这样做的可行性。

阿库斯在刚才的地方等我们，藏在倒下的大树后。我找到了几件他的衣服，他抽出一件羊毛外套盖在完全裹住小乌鸦的睡衣外。我还带了几双厚袜子给他，等他穿袜子的时候，我才第一次注意到他的脚。

他完全光着脚。在听到乌鸦幼雏喊叫的时候，他没顾上穿鞋就跑了出去。

我没能找到手电筒或者其他类似的工具，一定是被那些出去寻找阿库斯的人拿走了。但我找到了蜡烛和火柴，还有一个空玻璃罐，这样就能做一盏不会轻易被风吹灭的灯了。点燃灯后，我发现阿库斯的脚趾脏兮兮的，完全被冻紫了。更糟糕的是，他脚上有很多伤口，让他很难继续行走。

小猫传出一声困倦的"我……说……过……了……"的叫声。但我到现在才明白小猫为什么"说"它从阿库斯身上闻到了血的气味。

如果卡赫拉来过这里，那她肯定会快速地唱荒野之歌，这样的话阿库斯的大部分伤口应该都会消失，至少快要痊愈了。

如果卡赫拉来过这里,那么阿库斯、我还有什么也不是应该就不会走在寻找她和那颗蛋的路上了。我告诉自己:如果卡赫拉来过这里,一切都会发生变化,除非……除非……

我还是没想通。

"你能为你的脚做点儿什么吗?"我问阿库斯,"你很擅长荒野之歌,不是吗?"

"爱娅,"他说,"爱娅需要我的一切力量。几个伤口没什么大不了的。"

我为什么没想到带一双鞋给他呢?不过至少现在我们有袜子,我又找到了几块树皮,贡献出我的鞋带,用它将树皮和袜子固定起来,这样树皮就可以充当鞋底。鞋带对我来说只是装饰,因为我鞋子的侧面有拉链。

我吹灭蜡烛,把它装进背包里。玻璃罐太烫了,所以我无法一直拿着它走,而且蜡烛最好能省着点儿用,因为这是我们唯一的亮光了。我们把毛毯披在肩上充当斗篷,这似乎也鼓舞了我们的士气。我能听到一个声音,似乎一秒钟前还很遥远——好像是寻找的人群正迎面向我们走来,他们走在回去的路上。

"我们朝这儿走。"阿库斯说着指了指一条路。

这是条小路,刚才好像并不存在,不是那种两旁立着路灯的柏油道路,而是沉浸在迷雾中的一条窄窄的小道,在树干四周蜿蜒,延展向远方,似乎在黑暗中透出一丝光。

第八章 血迹

"阿库斯?"我说,"你做了什么?"

"没什么,"他说,"这是通往另一只幸存的乌鸦所在位置的路。快走!"

这条迷雾小路也是一种荒野之路,走在上面感觉油油的,完全不知道踩到了什么。刚走了几步,乌鸦壶传来的光就变得十分遥远了。尽管穿着树皮和毛袜,阿库斯还是因为疼痛几乎无法前行。

"等等,"我说,"我们必须治治你的脚。"

"你不能吗?"什么也不是说,"你也是一个女巫啊。"

是啊,我也是一个女巫,但我有自己的想法。如果阿库斯可以让小乌鸦活着,可以找到卡赫拉的行踪,还能创造一条他自己的荒野之路——那么当然,我至少应该帮他治好受伤的双脚。

我忍不住叹气。为什么对于其他巫师来说完全是小儿科的问题,我却觉得这么难呢?

我的歌声并不是世界上最美妙的——我们的音乐老师意达总是一脸鼓励的微笑说:"很好,你努力了,克拉拉!"——而且唯一一次成功的演唱,就是那次奥斯卡和我编了一首笨极了的反吸烟说唱,那时我们差不多七岁大,所有人都觉得我们分外可爱,我们也觉得自己特别酷。"四处都是烟雾/我们快要沉没/这不是梦/就算一只狗/闻起来也比棺材钉强……"我当时花了好几周才背会歌词,至今还能记得歌的节奏。我当时完全不想唱,而且特别紧张,但这比和班里的其他女生站在一起,扯着嗓子唱

"我认识一只百灵鸟"还是要好一些。

爱莎姨妈说荒野之歌的意义并不在于歌本身或是声调，而在于表达的主旨。如果真的是这样……那我也可以编一首荒野之歌咯？

噢，如果奥斯卡能来这儿帮我就好了，他可比我厉害得多。

"听着，笨脚，不要再痛了／我们晚上还要走好几公里呢……"

好吧，这几个句子并不押韵，但因为是荒野之歌，所以应该没关系吧——其中的含义是有的：我希望阿库斯的脚能好一点儿，我……

我这才真正理解了其中的真谛。

其中的含义，是要我付出一些什么——我的一点儿能量，我的一丝愿望。因为在我那样做的时候，就像……就像打开电流。我几乎能看到，至少能用我的荒野感知感受得到，在我给予的同时，随之引发的效应会更多。就像在募捐中，有的公司会说，普通人拿出一克朗，他们就会拿出双倍的钱。这是同一个道理。似乎全世界都在赠送这种加倍的礼物。

"克拉拉？"什么也不是说，"你在做什么？"

"我……我在医治阿库斯的脚。嘘——我需要集中注意力。"

阿库斯用空洞的眼神注视着我，让我想起了某一种夜行动物。

"是用荒野之歌吗?"他问。

"是的,"我坚定地说,"是我的荒野之歌。安静点儿,要开始了……"

于是,我开始自由说唱,这是我最擅长的:"你好啊,伤口,不要再流血/还有细菌,就是你,无聊至极/开始吧,前来支援的军队/给我们完整光滑的皮肤,就像婴儿的屁股一样……"

我似乎能感觉到一股暖流从我身上流过,最后抵达阿库斯的身上。

"很容易理解啊,"我继续说,"脚要用来走路。加油,加油,加油……"

"阿嚏,"什么也不是打了一声喷嚏,"阿嚏,阿嚏……"接着开始大笑,"阿嚏……我也要一起!"

于是它也加入了。不止我一个人在努力,它也是。不知为什么,我突然感受到了奥斯卡的存在。也许因为奥斯卡比我对说唱更感兴趣,而且从一开始就是他教给我的。

阿库斯站了起来。

"谢谢,"他说,"也许你也能帮帮爱娅?"

"我们有一个好的开始/如果还能帮助这只受伤的小鸟/将会很酷……"

"阿嚏,阿嚏,阿嚏,"什么也不是在我的背包上呢喃,"加油,加油,加油……"

我仿佛是合唱团的一个女歌手——世界上最奇怪的

合唱团女歌手，但我需要这要做。我说什么不重要，重要的是节奏，这样就能把握生命暖流的脉搏。

"活着，小乌鸦 / 茁壮成长 / 我们需要你 / 需要你黑色的羽毛 / 尖锐的嘴巴 / 还有能洞穿时间的双眼 / 智慧的小鸟能看见一切 / 成为一只慷慨的乌鸦……活下去，活下去，活下去。"

"咣！"我突然支撑不下去了。我感受不到旋律，我听不到声音，暖流消失了，我几乎没有力量站起来。我停下来闭上眼睛。世界在快速转动着，我靠着树才缓过神来。

"呱……"就在这时，什么也不是也失去了平衡，大声惨叫，扑扇的双翅重重打在我的后脑勺儿上。我从崖柏那儿借来的所有东西——如果能把没有得到允许就拿走东西称为借的话——都装在背包里，所以没有位置留给什么也不是了。它必须站在背包上面，紧紧抓住绑带。它现在几乎要掉下去了。

我再次睁开眼睛。阿库斯站在那里盯着我们看，似乎我们是他见过的有史以来最奇怪的人。

"有用吗？"我问。

他笑了——有些害羞，但能看出来他比刚才好多了。

"是的，"他说，"它好些了！"他微微揭开外套。爱娅还未长全的光滑的嘴巴轻轻动了一下。它的眼睛还是闭着的，但似乎在看向我们。细小的声音从它身上传来，像是咕噜声，接着它张开嘴巴打了个哈欠。

"我猜它饿了。"我说。

第八章 血迹

073

"我也觉得是,"阿库斯说,"你记得带乌鸦的食物了吗?"

他向我详细介绍了各种情况,比如崖柏谨小慎微地把藏有乌鸦宝宝食物的罐子和瓶子放在了哪里。比起给人吃的食物,他似乎更关心这个。他坚持要在我们继续前行之前喂饱爱娅。我不明白为什么以前有人说乌鸦的妈妈不称职。就我现在的观察,要照顾这个小家伙可真的需要全心全意、寸步不离啊。

最后,我们终于上路了,我能感觉到阿库斯不再那么一瘸一拐,比刚才好多了。我依旧很累,脑袋晕乎乎的,那只受伤的手臂又开始隐隐作痛,似乎我刚刚做的事情已经突破了体能的极限。但我不后悔。我的内心深处有一种自豪的感觉——我为自己感到自豪,非常自豪,属于荒野女巫的自豪。

突然我觉得有些奇怪。我做过很多更大的事情,比如我经历了烈火试炼,乌鸦之母才意识到我说了真话;我击败了奇美拉,从她身上拿走了她的翅膀——是的,最后我杀死了她,尽管那时她自己也肯定选择死去。但当时我并不是自愿要去做那些事的,而是被推到那里,被迫行动的。我还得到了小狸——在某些情况下还有翠碧——的帮助。

而刚才,我尝试唱出可以发挥作用的荒野之歌——是我独自完成的,说明我以后也可以再次做到。

我在走路的时候不自觉哼起了歌,有些上气不接下气，但是没关系。

"我悟出了一些道理。"我对什么也不是说。

"什么道理呢？"它站在背包上问。

"如果有一些事你做不到，"我说，"那就应该想一想，什么是自己能够做到的。"

"听起来很明智，"什么也不是说，"我也应该像你说的那样做。比如说，我不擅长飞翔——尽管比以前好一点儿了，但我可以读书。我知道家里的东西放在柜子的哪个位置。我能吹口哨，你听。"接着便吹出简短但高亢的口哨。"我知道如果刺猬的眼睛发炎了应该怎样处理，或者老鼠，或者小兔子，或者……几乎所有的小动物。我的记性很好，我几乎能背出整本《年轻女巫手册》。我还能给豆子剥皮，能找到草莓……"它喋喋不休地列举出各种会做和擅长做的事，我没有打断它。我们离乌鸦壶越来越远了，没人能听到它的声音。当你像一个错误一样来到这个世界上，觉得自己毫无用处时，如果知道还有人需要你，应该是一件幸福的事吧。

我们已经走出森林，沿着一条小溪前进，四周都是高山，这时什么也不是终于停了。

"……还有，我总能知道爱莎把剪刀放在了哪里，尽管有的时候在院子里，有时候在屋里，有时候在房顶上，有时候又在屋后，或者有的时候在厨房里，放错了抽屉或者就在架子上，还有……还有……还有……还有我想不出更多的事了。"它说，"哇，天快亮了？"

第八章 血迹

075

"是的，"我说，"不一会儿太阳就要升起来了。"

我不知道我们在哪里，感觉越来越热，好像整个晚上我们都在朝着南方行进。

"你不觉得我们应该休息一下吗？"我问阿库斯。

他摇了摇头。

"我们快要追上她了，"他说，"我们现在不能停！"

我的心开始狂跳。

"快要？"我说，"她没使用魔法吗？"

"用了，我猜。但……我们离她很近了！"

我环顾四周——没有一只眼睛，至少我没有看见。当然，我是说除了蜥蜴、几只鸟和一些虫子之类的。四处都是石头，大部分植物都显得极为渺小，而且也完全没有可以藏身的灌木。

如果卡赫拉看见我们，她会怎样做呢？

不久之前我似乎还在漫无目的地跋涉，也没有什么顾虑，耳旁一直是什么也不是马拉松似的长篇大论。现在，我突然惊恐起来，没有安全感，好像在做一场梦，在梦里我突然发现自己没穿衣服就来到了学校。

"这边。"阿库斯说着开始奔跑，就像看到兔子的猎犬一般。

"等等。"我大声喊，除了背着书包，带着小猫、什么也不是和所有东西一起追着他跑之外，没有其他选择。我第一次后悔把他的脚治得这么好。

他快速地冲出去，像只山羊一样，朝着山坡东边陡峭的悬崖上跑去。几座巨石赫然矗立，几乎围成了一个圈。我不禁心想，这是自然形成的还是人为摆出来的呢？

卡赫拉是在这里吗？她在这儿做什么？她看到我们之后会发生什么呢？

第八章 血迹

Chapter 9
第九章
巨石阵

围成圆圈的五块巨石原本是灰色的，初升的太阳给它们增添了几缕玫瑰色和橙色，但巨石之间的阴影依旧像夜晚一样漆黑。头顶上，一只孤独的鸟开始啼叫，因为它知道太阳要出来了。那是一只画眉，我猜。卡赫拉一定不知道它是什么鸟。

　　阿库斯只想赶紧进入巨石阵，但我拽住了他。我听到了一些声响——一声轻微的呜咽，接续而来的是几声更加轻微的啜泣声。

　　是卡赫拉在哭。

　　我之前几乎没听到过她的哭声，但我依然很确定那是她在哭。

　　"你在这儿等等，"我轻声对阿库斯说，"我一个人去找她。"

　　阿库斯看起来不太情愿，但是他习惯了听大人的话，而现在我是他眼前唯一一个"大人"。什么也不是尽可能小声地飞落在地上，在我放下背包时，它一直用悲伤的眼神看着我。

　　"你最好也留在这儿。"我说，不是对什么也不是说的，而是对完全不懂发生了什么事的小猫说的。我飞快地把外套裹在它身上，让阿库斯抱着它。天啊，从外套里居然传出一声叫喊,但我猜卡赫拉应该没有听到。

卡赫拉背靠巨石坐在地上,把头深深埋进环抱的臂弯里,我看不见她的脸,只能看见她黑色的长发。她在自言自语,不住地啜泣着。

"我太累了,"她说,"我一定要休息一下了。荒野之路……太奇怪了,和往常都不一样,我完全是独自一人……"

最后一句话听起来是那么的绝望——仿佛她在害怕这个世界上再也没有其他人,至少再也没有和她有一丝关系的人。

我想都没想就走进巨石阵。

"你不是孤身一人。"我说,"回来吧,把乌鸦蛋还给乌鸦之母,我确信……"

卡赫拉突然跳了起来。

"离我远点儿!"她大喊,"你还没搞清楚吗?我不再是你的朋友了。"

卡赫拉举起一只手,手指弯曲,像动物的爪子一样。接着她开始唱荒野之歌,和那次对小猫唱的一样,只是声音更高、更长久。

我就像触到了高压电线,整个身体开始抽搐,先是摔倒在地上,一眨眼又被悬挂在空中。趁着我一时发蒙,卡赫拉用什么东西把我缠住,然后自己开始狂奔,同时大声唱着荒野之歌指向空中。一阵荒野迷雾扩散开来,阿库斯也开始奔跑,怀里还抱着小猫,但怎么也追不上卡赫拉,用他自己的迷雾追踪法也不行。卡赫拉跑了,带着偷

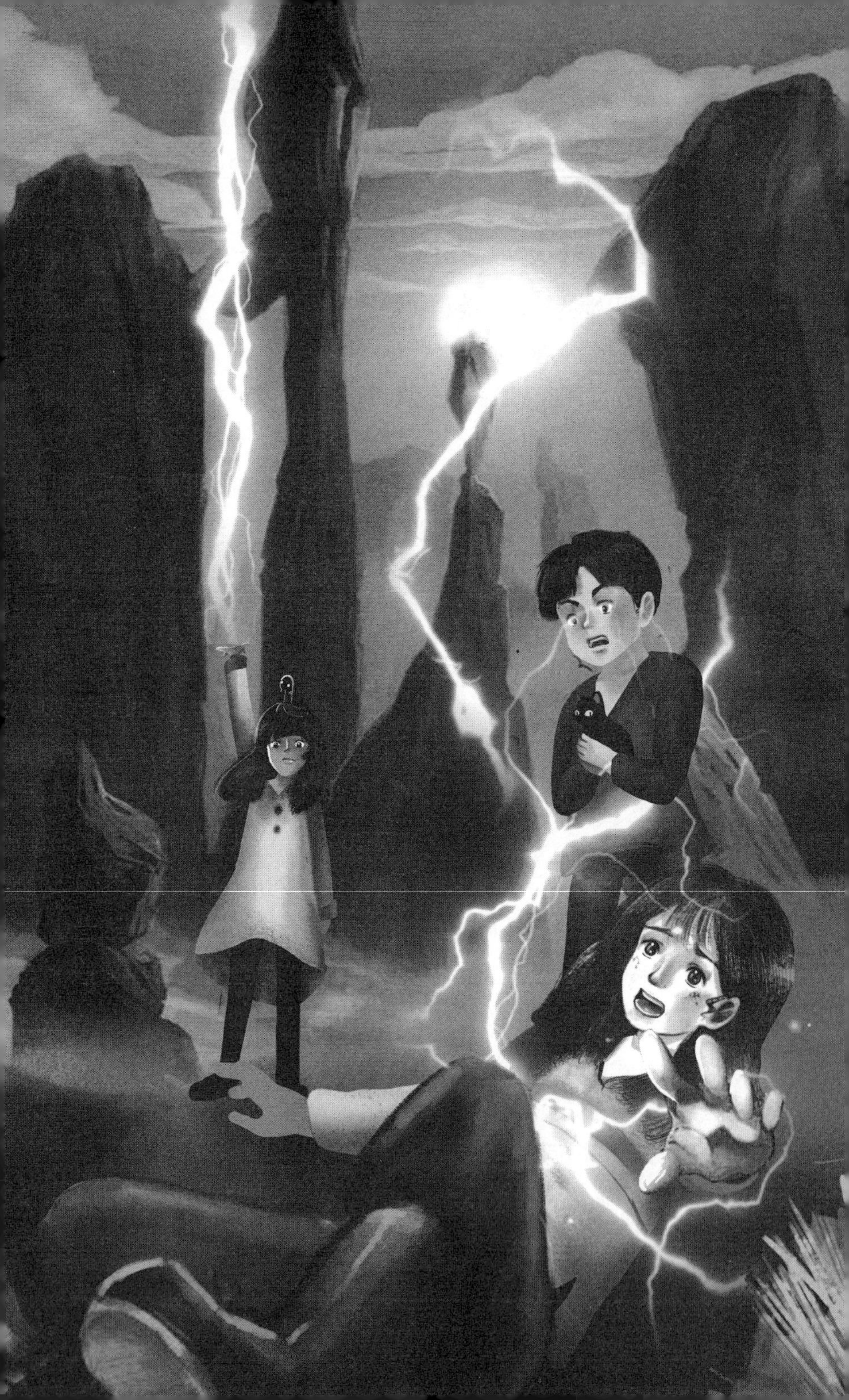

走的那颗乌鸦蛋跑远了。

"噢,"我心想,"太糟糕了……"

不知道什么东西碰了碰我,接着我就被向下拽,蜷曲的身体狠狠摔在地上,但我毫无能力应对。我眼前的世界变成了红色,继而变成黑色——接下来的一段时间,我没有了意识。

"克拉拉?噢不,噢不,噢不……"

什么也不是焦急的叫声穿过我头顶厚重的迷雾。我觉得自己的身体还是错位的,头和身体的其他部分好像被远远地分隔开了。我试图睁开眼睛,似乎必须在信号很差的情况下打电话通知它们:"哈喽,你们能不能……什么?不,你们听我说……现在能不能……哈喽!睁开!"

终于成功了。我躺着,看到什么也不是焦急的脸。它灰褐色的羽毛向四面八方竖起,一些绒毛飘落,缓缓地落在我的脸上,我打了个大喷嚏。

我全身颤抖着,仿佛已经是九十多岁高龄了。如果我真的要死了,什么也不是一定会急疯了。阿库斯站在不远处,看起来一反常态,脸上写满了挫败感。小猫在他怀里生气极了,开始尖叫——那种只有别人违背了它的意愿时才会发出的尖叫。

怎么会这样,我心想,我是这里年龄最大的,也是身体最健壮的。一只还没长大的小猫,一个八岁的小男孩儿和一只刚刚破壳而出的小乌鸦,什么也不是,还有我,怎么才能成功……

第九章 巨石阵

083

我躺在地上思绪万千,却只能想想抽搐的肌肉,想想坚硬的土地,想想天空不再那么明朗——还泛着淡粉色,因为我不想回忆卡赫拉刚说的话——

"你还没搞清楚吗?我不再是你的朋友了。"

她没说"闺蜜",因为这完全是两回事。闺蜜是指两个人沉浸在别人无法理解且只有她俩觉得有趣的世界里——她俩要有很多共同点,穿相同的衣服或者喜欢同种类的音乐,可以向对方倾诉自己的秘密,而且从来不会害怕被对方取笑。"闺蜜"不是敌人的反义词,但"朋友"是。卡赫拉完全可以说她现在是我的敌人了,她就是这个意思。我们不再是同一阵营,也不会再为同一件事并肩战斗了。

我坐了起来。那些话听起来简单,却那么沉重。我还在不住地颤抖,牙齿不受控制地打战,甚至不小心咬到了舌头。

"你还能听到那颗乌鸦蛋的声音吗?"我问阿库斯。

"不是蛋的声音,是里面小乌鸦的声音,"他纠正,"而且是爱娅能听到它的声音。"

"好,爱娅会告诉你,对吧?"

"是的。"

"在哪儿?"说话时牙齿不住地打战真是让人崩溃。

"但是……"

"怎么了?"

"卡赫拉已经走出很远了。如果不走荒野之路的话,我们很难追上她。"

他看着我,似乎在期待着什么。看来他希望我马上站起来说:"好的,这条路。由我来找路,毕竟这里只有我是真正的女巫。"

事实也的确如此,但我就是害怕迷路。我尝试过两次,我永远不会忘记那种在迷雾中绕来绕去、担心最后死于饥渴的绝望。

毫不夸张,荒野之路会吞噬人的生命,特别是当你不知道自己身处何地时。爱莎姨妈有一次告诉我,珊妮娅的父母就是在荒野之路上迷失并丧命的。

除此之外,最重要的是我不知道应该如何应对荒野之路。阿库斯自创的迷雾小路体系,要比我能想出来的方法有效一百倍。

或者……也许我可以用荒野之歌。也许,我只需要用自己的方式来做这件事——一种我自己能做到的方式。

荒野之路说唱?"听着,宇宙,按我建议的来 / 因为我非常想找到卡赫拉……"

不行,在大声念完这些句子之前,我就已经否定了自己。我不应该这样做吧,那怎么办呢?

也许在荒野之路这件事上,并不存在什么所谓的"克拉拉方法"。妈妈曾经也对我说过,我遗传了她糟糕透顶的方向感……

"我在电梯里都会迷路。"她说,"你也差不多,但可能那时你太小了还没有记忆。有一次在一个大商场里,我把婴儿车停在一旁挑选衣服,突然发现你不见了。我找不到你,也看不见婴儿车,于是五分钟后我开始通过高音喇叭找你,还叫了警察和警犬。后来才发现你就在离我两米远的另一排衣架旁,那边挂满了冬季的外套,但这些厚厚的大衣居然让我转向,以致没有找到你。"

我突然好想念妈妈,不是因为想要她来帮忙摆平一切,而且她也帮不了我。我只是想要见到她,待在她的身边,听听她的声音。

我放在背包底部的斯塔丰手机突然响了起来。可是背包并不在我身上——阿库斯一定拿走了它,在我……哦,头晕目眩,我到底怎么了——背包就在不远处,在我不用站起来就能够得到的范围之内。我伸出胳膊在背包里一顿乱抓——生姜蛋糕、几颗土豆、一小袋盐、小乌鸦的食物、几根胡萝卜,还有两盒葡萄干,我能找到的只有这些……不知怎的,我确信这个来电是妈妈打的,可能因为我刚刚想起了她。手机在哪儿?最后,我把所有东西都倒了出来才找到了它,就立刻把它放在耳旁接听。

"嗨。"我说,希望电话那头还有人。

确实有人,但不是我妈妈,是奥斯卡。

"克拉拉,"他说,声音听起来非常奇怪,"你在哪儿?"

"我……我也不知道,其实,在一个四处都是山的地方。"

"你能回你爱莎姨妈家来吗?就现在。"

"为什么?"我问。正在这时,一只冰冷的看不见的手抓住了我的脖颈儿和脊柱。"怎么了？"

"不太好解释，你不能……来吗？"

奥斯卡的声音从来没有这样过——弱小、害怕又严肃。之前，即便是最艰难或者最危险的时刻，他都能轻松谈笑，似乎只是在森林漫步，一切都"超级酷"。

"我会来的，"在丝毫没有考虑应该怎么回去的情况下，我答应他，"我很快就来。"

我快速地把手机还有其他东西一样接一样地收回背包，然后站了起来。

"我们必须得绕点儿路了，"我对其他人说，"什么也不是，我们要回家，帮我。"

"我？"什么也不是问，"你问我能不能帮忙？"

"是的，"我说，"在你擅长做的事情列表里，你忘了一件事。不，两件，其实。"

"什么事？"什么也不是睁大眼睛问。

"你很擅长找到回家的路，而且你很擅长当一个好朋友。我觉得现在我们需要这两个特长。"

什么也不是飞起来，拍了拍自己的胸脯。

"愿意效劳，"它说，"大概是这条路。"它用翅膀朝我们来的方向指了指。

"但是，"阿库斯说，"我们一定要找到乌鸦蛋啊，应该是那条路。"他指了指南边，我猜是——或者，也有可能是东边……我说过，我不是很有方向感。

"有一些必须先解决的事。"我用一种"只能这样"

第九章 巨石阵

087

的语调说。阿库斯看起来很沮丧,但没有反抗——看起来是我在做决定,这正是作为年龄最大的巫师的优势吧。

我闭上眼睛,调动起所有的感官和意愿,将它们拧成一股绳:我想回到爱莎姨妈的房子。我眼前清晰地闪现了灰色的围墙、长满青苔的屋顶,庭院里有几棵苹果树,树上挂满了给小鸟做的房子……我看到了奥斯卡,从内心深处感到了一种别样亲切。我们不只是朋友,更是血脉相连的兄弟——如果"兄弟"中的一个是女生的话,又应该怎么称呼呢?我觉得自己一定能找到奥斯卡。

睁开眼睛的时候,巨石阵已经不在眼前了,我们被迷雾包围着——荒野迷雾。小猫发出了惊恐的叫声,跳进我的怀里。阿库斯则平静许多,但他突然用一只手抓住了我的胳膊。

"是这条路。"什么也不是说着又用翅膀指了指方向。

"好。"我回答,它应该是对的。"走,我们继续。"

Chapter 10
第十章
水蛭女巫归来

每当走在荒野之路上时,时间的流逝都会有些不同平常。当我们终于走出迷雾,到达小溪上的桥时,太阳快要升起来了——我们太着急赶路,时间就像倒流了一样。我想起了阿库斯给我们朗读的关于有时效和无时效的魔法的内容,会和这个有关系吗?

小溪边的原野上笼罩着厚厚的雾气,但这不是荒野迷雾,而是普通的晨雾。房屋前的院子里停着我爸爸的越野车。一个穿着蓬蓬裙的胖胖的身影倚靠在车旁,裙子上满是条纹,乍看上去像是用花园椅子上的坐垫缝成的。

那是水蛭女巫阿里西亚。显然,她没有像我们以为的那样死去并且被埋葬。

我开始狂奔,急切想要见到大家,这看起来一定会有些傻。但我脑子里唯一在想的就是,奥斯卡和我爸爸妈妈一起坐在车里——不过他不是应该和他妈妈在自己家吗?但我能感觉到他在这儿,而且他就是在这里给我打的电话:"你能回你爱莎姨妈家来吗?"

我完全没有想到阿里西亚会在这里,我可不认为她只是路过来喝杯茶的。

"离他们远点儿!"我还不能确定她是否能听见我的

话，就连忙大声喊,"你对他们做了什么?"

"啊,你在说什么啊,亲爱的?"阿里西亚说,"我没做什么啊,你为什么会这么想呢?我只是过来和你说一些你的小闺蜜卡赫拉的事。我发现她没有……应该怎么说呢……她隐瞒了一些事情。"

她的声音如此友好温暖,让人情不自禁地想要微笑。可正是她,让布拉维塔重获自由。正是她,站在洞穴中央,让鲜血滴在地上:她将来自我爸爸的血称为祖先之血,将来自卡赫拉的血称为敌人之血,将来自弗雷德里克的血称为异国之血,将来自珊妮娅的血称为家园之血,最后还有我的血,被她称为中心之血。在最后几滴血滴下的时候,禁锢了布拉维塔几百年的顽石熔化了。

她那样做是为了复仇,理由是她的女儿莉娅在十三岁的一个夜晚失踪再没有回来。"现在终于轮到你妈妈了,很快她也将要知道失去女儿的滋味了。"她在布拉维塔挣脱枷锁、试图占领我的身体时说。

现在她站在这里,笑得如此甜蜜,如此友好,如此温暖。但我看到了车里的奥斯卡,他看起来如此坚定如此严肃,以至于雀斑和笑窝似乎都隐藏起来了。他捕捉到了我的视线,慢悠悠地用食指指了指自己的喉咙,似乎在演戏。我不太确定那是什么意思,也许是一个提示。

"走开!"我说,用一种女巫让人或者动物服从命令时的腔调,"让我们清静清静。走开!"

她愣了一下。

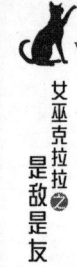

"你为什么充满敌意呢,小可爱?"她说,"我来只是想帮……"

"不用,谢谢。"我说,"如果你要帮忙,就离那辆车远点儿!"

她比刚才笑得更甜了,向前迈了三步——朝我的方向。

"如你所愿。"她说,"我觉得你的行为很不礼貌。想想看,我大老远来可只是因为担心你和你的家庭。"

我看到,在阿里西亚身后,奥斯卡在车里上蹿下跳。他不停地摆手,用手画着曲线,然后向下指,接着继续用手画曲线。我对他想表达的意思毫无头绪。

阿里西亚还在逐渐远离车,走向我。她步履蹒跚,似乎每走一步腿都会向外拐一下。

"走开,"我大喊,"滚!"

但我的注意力被她微笑着说的话和奥斯卡的指手画脚分散了,因此我话语中的力量不比以前。还有,阿里西亚的裙子好像有什么问题——它一会儿鼓起来,一会儿瘪下去,一直在变换形态。我突然想起,好像有一次看到了她藏在裙摆里的东西。

"我的小朋友们也充满期待,"她说,"它们想要再次和你打招呼……"

刹那间,它们就蜂拥而出。仿佛阿里西亚的裙子是一个气球,现在气球破了个洞。

是水蛭,胖乎乎的黑棕条纹的水蛭,看起来要比普通的水蛭大得多。它们从裙子里钻出来，爬满她的上衣，成百上千只……不，应该有成千上万只。阿库斯惊恐地叫了一声，想要躲在我的身后，几乎同时我也不由自主地后退了一步，我俩差点儿都摔倒在地上。

那些水蛭开始向我们移动，好像一条黑色的河。它们互相簇拥着，从彼此身上爬过，就像……不，不只是像，它们干脆"站"了起来，在我的眼前变成了一个巨大的黑色怪物。它长着由水蛭堆成的胳膊、手掌、手指，乌黑的面庞上能看出深邃的眼眶，它张开黑色的嘴巴，里面更是深不见底的漆黑。

"过——来——"它大声嘶吼着，冲我伸出用水蛭堆成的手指。

"走开！"我竭尽全力地大声尖叫，可这对眼前的水蛭怪物来说丝毫不起作用。它不断地靠近我，黏糊糊又不断蠕动的身体一步步向我走来。在它的眼眶里，透露出红色和金色的光，我似乎在哪里见过。

是布拉维塔！

在爱莎姨妈和她的巫师阵营阻止布拉维塔带走我时，他们确保了布拉维塔没有侵入人的身体，但他们一定没想到还有水蛭。

我能感受到布拉维塔饥饿的灵魂，就像龙卷风一样，想把一切都席卷进自己的胃里。我大声嘶吼的时候，也许有几只水蛭掉了下来，爬开了，但是还有更多的密密麻麻的水蛭来回蠕动。这个黑色的怪物继续向我逼近。

第十章 水蛭女巫归来

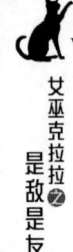

"噢不，"什么也不是小声嘟囔，"这很危险。"

我也明白，只是不知道应该怎么办。如果我们现在跑开，拼尽全力，也许它追不上我们。水蛭毕竟不是世界百米赛跑冠军。但如果我们这样做的话，奥斯卡怎么办呢？我爸爸妈妈怎么办呢？

我把手伸进口袋试图找到手机。我不知道要打给谁，但这没关系，因为我压根儿没找到。我的口袋里只有两盒葡萄干和一小袋盐。

葡萄干完全没用，但是盐……

惊慌失措的我想要给袋子撕开一个豁口，又向后退了几步。雨点从天上落了下来。

不，刚才还没有下雨。

下来的是水蛭，它们从天上落下来，掉在我的头上和脖子上，仿佛布拉维塔给它们安上了翅膀。我能感到头上和皮肤上有湿冷又黏糊糊的东西爬过，它们在不断地寻找舒适的根据地。

我试图无视它们。终于，袋子被撕开了。我抓起一把盐，撒向水蛭怪物的头，大概是怪物的嘴巴和眼眶的位置。

"走开！"我大喊，"全部！现在！"

我不知道是盐还是我的荒野之歌起了作用——其实也不算是什么荒野之歌，就是我歇斯底里的喊话——湿冷的水蛭，我只是想拼命地摆脱它们！这时，水蛭怪物身上传来一阵嗞嗞声，接着它发出了一声长啸，听起来就像把泡腾片扔进了水里，但动静是泡腾片的一千倍大。

"咝咝咝……咝咝咝……"从它嘴里发出来的，不是语言，而是一些让人完全无法理解的声音。我又从袋子里抓起一大把盐，胡乱扔到空中。有一只水蛭试图趴在我的下颌上，但我用沾满盐的手把它揩掉了。我感到耳朵上也有一只，它也有了同样的命运。

"噢！"什么也不是惊慌地一阵狂叫，"噢，噢不，停下！走开！"

我的声音估计听起来和它一样吧，我想。

"给——我——乌——鸦——"布拉维塔嘶吼道，声音似乎穿透了我的大脑。

"然——后——我——就——走！"

"不！"我说，"你得不到我们，也得不到乌鸦！什么也不是，再来一次，和我一起。阿库斯，你也一起。一二三——走开——"

他们迟疑了一下才加入，和我一起大喊，仿佛三个人的声音和力量都凝结成了一声嘶吼："走——开——"

这声嘶吼就像一堵坚不可摧的围墙，比我一个人可以创造的力量强大太多。阿里西亚发出了一声惨叫，开始奋力逃窜——和水蛭怪物一样磕磕绊绊。伴随着破裂声，眼前的黑色怪物身上出现了一个洞。这个洞不断扩大，最后整个怪物都倒下了，最上方的水蛭跌落下来，掉在其他水蛭身上。接着水蛭朝着四面八方飞出去，就像黑色的子弹。我能感觉到布拉维塔的计划破灭了。三四个原本紧紧咬住我的水蛭也松开口，接着加入大队伍逃开了。这些吸血鬼就像一块黑色的毛毯消失在杂草间。

"对不起，但我现在太……"什么也不是还没说完就砰的一声从背包上跌到地上，就像一只吃撑了的鸟从自己的架子上摔了下来。我想弯下腰把它捡起来，但现在还不敢那样做。在确认阿里西亚和水蛭怪物已经离开之前，我不能掉以轻心，不能分神。

奥斯卡打开车门爬出来。他看起来有些僵硬，似乎已经在车里坐了很久了。

"简直了！"他说，现在他俨然又是我认识的那个奥斯卡了。"你能来太好了，我完全不知道该怎么对付这个水蛭怪物。我把车窗都紧紧关上。那些水蛭爬满了车窗，我几乎看不到车外的情况。阿里西亚友好至极地让我打开车窗，还说我是一个没有礼貌的年轻人……恶心死了！"

我小心翼翼地把什么也不是从草地上捡起来。它刚刚因为太过疲惫晕倒了，现在已经缓过来一些，看起来不那么严重了。

"我爸爸妈妈呢？"我问。

"你爸爸还在医院，"奥斯卡说，"医生说他的病会传染，所以要再住几天院，等到各项指标都恢复正常。"

"我妈妈呢？"

"嗯，"奥斯卡看起来有些迟疑，"你妈妈，她……她在车里。"

他为什么这样说，发生了什么事吗？我立刻跑到车边，去看她为什么还不下车。

她躺在后座，腿上盖着毛毯，似乎只是小憩片刻，就像有时长途驾驶以后会困，然后稍做休息一样。她的眼睛闭着，乍一看没什么异样。但是她不能活动，完全不能。我甚至看不到她因为呼吸而产生的轻微起伏。

"妈妈！"

我抓住她的一只手，接着摸了摸她的脖子，她完全是冰冷的，和爱莎姨妈差不多。有那么短暂的一瞬，我以为她也要变成一尊雕塑了，但我还是感受到了她的呼吸，极其微弱缓慢。她没有被冷冻在时间之冰里，那她到底怎么了？

"发生了什么？"我问。

"在得知你爸爸还不能出院的时候，你妈妈就给我妈妈打了个电话。天已经很晚了，我妈妈觉得如果你妈妈开车送我回家再返回医院，那就太麻烦了。医院正好有给病人家属提供的宾馆，我们就在那儿住了一晚。第二天早上，他们还是不让你爸爸出院。你妈妈给你打过电话，但你没接。然后我们就开车回家，因为她需要取一些东西，接着……"他停下来说，"是一个很长的故事。"他说，"你不觉得我们可以先回屋子里再说吗？如果那些恶心的水蛭再回来……"

"但我妈妈……"

"我们可以抬着她。我们从屋里取出一个梯子，然后……"

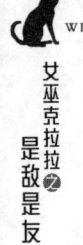

"奥斯卡！我想知道我妈妈到底怎么了！"

"好的，好的，"他飞快地回应，"我肯定会告诉你。我们进屋吧，边走边说！"

Chapter 11
第十一章
奥斯卡的讲述

"光线变得异常奇怪,"奥斯卡说,"那种……一片混沌但又很刺眼的感觉。接着周围变得十分闷热,你妈妈还以为车子出了问题。我们还没开太远,还没开到大路上,于是她把车停到了路边。还好她那样做了,因为随后就起了一阵大风,把我们前面的一辆蓝色小车卷起半米高,然后重重摔回地面,车的一半都伸出了护栏。突然,从远处飞来一只硕大的……可能是渡鸦,飞到车前撞上风挡玻璃,咣的一声。接着我们眼前都是羽毛和血之类的东西。有一个垃圾桶,很大的绿色的那种,从天上飞过来,正好落在我们前面。之后,一切都停歇了。你妈妈让我坐在车里别动,她试着打开广播,但除了噪音什么都听不到。接着,远处的一个路灯上半部分折断了,掉在路上。太可怕了。但奇怪的是,只是这条路上有问题。我坐在车里看着路边的一个院子,有一个老太太拿着洗过的衣服正准备晾,她惊恐地睁大眼睛看着路上发生的事。但是她完全没有要被风刮倒的意思,晾衣绳上的衣服也没有大幅度地摇晃。"

"这是什么时候发生的事?"

"就在我们离开医院的时候。"

"我是说几点?"

"我不知道，但差不多是上午，我猜。"

这里的时间和荒野之路上的时间没有关联，但我猜测，奥斯卡说的这些应该和乌鸦风暴是同时发生的。

"那只鸟，"我说，"是一只乌鸦吗？"

"很可能是，"奥斯卡说，"无论如何它很庞大。而且不只如此，所有鸟都像是疯了一样，似乎是风在迫使它们向前飞，它们自己停不下来，完全失控。一直有鸟撞到车上，有些死了，有些还活着。太吓人了！我感觉应该没有持续太久，风就停了，刹那间就停了，就像有人按了关闭按钮。车里的音响恢复了正常，但我们依然无法继续开车往前走。市政人员阻拦了所有'不必要通行'，就像在冬天下大雪之后，因为担心地面太滑会引发事故而封路一样。但当时不只是我们所处的道路，而是所有道路都陷入了混乱。大家不能往前走，也不能向后退，以至于人们不得不把体育馆当成避难所，在那里吃饭睡觉。所有的气象学家都出来解释其中的原因，有一个专家说是太阳黑子活动造成的，还有一个说道路系统成了通风带。但大家都能看得出来，他们自己也没能真正弄明白那到底是什么原因，只是为了解释而解释。"

我妈妈正躺在沙发上，依然一动不动。但奥斯卡只字未提到底在她身上发生了什么，是乌鸦风暴伤害到她了吗？

"奥斯卡，我对气象学家完全不感兴趣。我妈妈怎么了？"

奥斯卡似乎有点儿不开心，就好像他在讲世界上最有趣的笑话，却被一个不知趣的人给打断了。他看了看我妈妈，又看了看我，脸上的不悦随之消失了。

"那是在很后面的时候发生的。"他说，"我们来到了你爱莎姨妈家，因为我们既上不了大路，也不想和一群陌生人挤在体育馆里。接着你妈妈收到了你的短信，说什么要喂汤普之类的，还说勇士应该也饿了。"

"勇士？"

"嗯……是吧，或者，叫它什么其他的名字。"

他说的是那只榛睡鼠。

"你说的是一部动画片的名字吗？"我问。奥斯卡痴迷于那种类型的动画片，他的房间里有很多光盘，我好像在那儿见过"勇士"这个名字。

"是，"他嘟囔着，"它的意思是'勇敢的人'。"

"老鼠叫这个名字不会有些奇怪吗？"

"它不是老鼠，是榛睡鼠。以它小小的体型来说，它已经很勇敢了！"

奥斯卡说得对，不过我仍然觉得把一只并不那么勇敢的睡鼠称为勇士着实有些奇怪。它的耳朵比普通的老鼠要大，尾巴上长着绒毛，脸上仿佛戴着一个小小的黑色面具。奥斯卡之前说它是"一只身份隐秘的超级鼠"。

"它喜欢这个名字。"阿库斯说。之前他一句话都没有说，有时候他太安静了，甚至会让人忘记他的存在。

"是吧。"奥斯卡说，似乎在结束这个话题。"于是我们就去那儿喂它们,汤普看到我们开心极了。然后……"他有些犹豫,"克拉拉,我晚上做了一个很奇怪的梦,梦到了一片森林,还有一个光脚的小男孩儿,我猜应该就是阿库斯。还有你,克拉拉——从始至终都有你的身影,梦里的你想让我帮忙一起说唱……"他满脸疑惑地看着我。

有时候我会觉得奥斯卡和我是完全没关系的两个人,但其他时候我们好像是一对双胞胎,有着一样的想法,做着相同的梦——但说唱这件事则不仅仅是梦。奥斯卡只是一个普普通通的男孩儿,完全不是荒野巫师,但他能感受到很远之外发生的事情,在我需要的时候给予我帮助。这就是所谓的心灵感应吧。

"我其实希望你当时能在身边帮我。"我小心地说。

"是吗?"他喜笑颜开,"太酷了!所以说唱起作用了吗?"

"我猜是吧。"

"太棒了,厉害。"他突然皱起眉头问,"你为什么要说唱呢?"

"那是一个很长的故事。你继续说,接下来发生了什么?"

"勇士叫醒了我。它很焦躁,一直轻轻地戳我,直到我起来。"

我知道要把沉睡的奥斯卡叫醒有多难,心中对勇士的一股敬佩之情油然而生。

"又开始刮风了,"奥斯卡说,"门发出咯吱咯吱的响声,我以为应该没什么事,因为汤普还在安静地躺着打呼噜。但突然,我看到它身上趴着一只恶心的水蛭。我抬头看向窗外的院子,她站在那儿——阿里西亚——肯定是她,虽然我看不清她的脸。如果不是她的话,汤普身上的水蛭又是从哪儿来的呢?还好你妈妈没有像汤普那样沉睡。她不想让阿里西亚进屋,走出去和阿里西亚交谈。阿里西亚说自己是莉娅的妈妈,而莉娅曾是你妈妈最好的朋友。我告诉你妈妈,不管阿里西亚是谁的妈妈,她都是恶魔,你妈妈不听,而且阿里西亚表现得无比亲切。突然间,勇士叫了一声,钻进我的口袋里。我看到,至少有三四十只水蛭朝着你妈妈的腿爬去,她却浑然不知。接着,她发现了,然后她……克拉拉,你知道你妈妈也是女巫吗?她大声尖叫,其实那也是一种荒野之歌。那些水蛭向四面八方飞去,阿里西亚火冒三丈,她们就站在外面朝着对方嘶吼,那完全就是女巫对决,你妈妈……最后阿里西亚逃走了。她装作自己只是走开,其实是落荒而逃。但之后你妈妈倒在了地上。我从她身上感受不到生命的迹象,很害怕她出什么事情,就试着打急救电话,但不出所料,和往常一样没信号。最后,我把她抬进车里,开始开车。我想着,至少可以开车到一个稍微远一些的地方去打电话。"

"开车?"我说,"你会开车?"

"嗯……"他说,"会一点儿,我外公教我的。我妈妈完全不知道,你千万不要告诉她。每次回外公家,我妈妈不在的情况下,我都能开最后一段,开到家里,因为那一段是田间的小路,除了我们很少有其他人。我很小的时候就一直坐在外公的大腿上掌握着方向盘,那时候我的脚还蹬不到踏板。但现在,我就能自己开车了,外公坐在旁边。而且你家的越野车是自动挡,所以也更简单一些。"

我盯着奥斯卡。

"还有其他我不知道的事情吗?"我问。

"克拉拉,这毕竟是一个秘密……"

"嗯,好吧。"

"然后当我们快开到柏油路上的时候,突然下起了'雨'。但其实不是雨,是水蛭从树上落下来,场面太疯狂了。我几乎看不到车在往什么方向走,我试着用雨刷,但可能是因为那些水蛭又黏又重,最后雨刷折断了。我不知道除了你之外还能给谁打电话。我是说,当然不能打救援电话说'对不起,我正遭遇着水蛭风暴……',所以我必须开回这里,这样你才能找到我们。后来,车完全被水蛭覆盖了,我什么都看不见。不过最终,我们还是回到了这里……接着你就来了,搞定了阿里西亚。"

"不只是阿里西亚,"我说,"还有布拉维塔,她以某种形式存在于那些水蛭里。"

"你也搞定了布拉维塔?"

"啊……我也不知道,我不觉得我……嗯……搞定了她,我猜那只是她的一部分。她又活了过来,但还没有完整的躯体。她附身在一切能触及的生命上,目前是阿里西亚的水蛭，但水蛭太小了，所以需要很多……"很难解释清楚。如果现在真的能把双手举过头顶庆祝成功的话该多好。但我觉得，这只是一个小小的胜利，而且只是暂时的。我和妈妈一样，可以让阿里西亚还有布拉维塔暂时离开。但我还没有成功，远远没有成功。

我再次摸了摸妈妈的脸。她比刚才温暖了许多，还微微动了几下。我猜她耗费了太多的精力，就像什么也不是刚才那样，而且比什么也不是更严重。什么也不是坐在自己最喜欢的扶手椅上，一口一口地呷着面前的茶，它看起来没先前那么虚弱了，而且脸上带着一份自豪。

"我刚刚和你一起吓走了阿里西亚，"它说，"也有我的功劳，对吧？"

"是的，有你的功劳。"我说，"没有你和阿库斯的帮助，我一个人无法做到。"

这时，阿库斯突然站了起来。

"乌鸦蛋，"他说，"我们一定要去拯救爱娅的同伴！"

"我不能离开我妈妈。"我说。

"你能。"是妈妈的声音。她仍然躺在沙发上，闭着眼睛，但看样子醒了。

"妈妈！"

"哎，亲爱的，等一下。我需要……缓一下……"

"我多么希望能照顾你啊，克拉拉宝贝。但你现在已经成长为比我更强大、更厉害的女巫了。如果我和你们一起去，可能还需要你来照顾我。"

妈妈看起来依旧很憔悴，眼睛却比往常更加明亮。尽管握着茶杯的那只手有些颤抖，但至少她现在可以坐起来了。汤普垂头丧气地卧在沙发的一头，好像在惭愧自己没能担起房屋卫士的职责，不过幸好水蛭的叮咬似乎没对它造成持久的伤害。

"妈妈……"

"不，让我说完，克拉拉宝贝。"

但她没有继续说下去，只是又喝了一口茶，望向窗外。

"这一切从一开始就错了。"她嘟囔道，声音那么低，我不太确定自己是否应该听到这些。

"你在说什么啊？"我问。

"你、我、荒野世界，我错了。我以为能让你远离这一切，这样就能保证你的安全，你就可以快乐地长大，成为一个可爱又普通的女孩儿，度过一个平和又美好的童年。但现在发生的这一切……巫术已经无处不在，乌鸦风暴、倒下的女巫、水蛭雨……这已经不再是平和正常的世界了。在见到莉娅的妈妈时，我意识到，如果不进行这场战斗，就永远不会安宁。爱莎说得对，我应该让她教你的，但现在看起来，你自己已经学习了不少。小宝贝，我很害怕，但也由衷地为你骄傲。"

我安静地坐在沙发的另一边，感到有一股暖流流遍了全身。我什么话也说不出来，突然感觉好像我可以用零点零一秒跑一百米，可以举起一头大象，我无所不能，只是因为妈妈说，她为我感到自豪。

我这么说，好像妈妈以前从来没有夸过我似的，事实上她经常夸我，但这次是对成长的夸赞。有的家长会夸小孩儿画画得"好"，但可能他们都没看出来画里画的是马。他们的赞扬只是为了鼓励，而不是真的觉得很好或者很厉害。有的时候，我非常希望他们可以真诚地说："不，我看不出来这是一匹马，但我很喜欢这些颜色。"这样的话更有价值吧。而且有的时候，他们的赞扬过于礼节性，也没有鼓励的效果，孩子长大后或许就不愿意相信他们说的所有话了。

"我们一定要找到卡赫拉。"我最后说，"如果我们不能解救最后一只乌鸦，那么……"

"好的。"妈妈说，"我完全理解，我也是从小在荒野巫师的家庭中长大的，知道乌鸦之母的重要性。还有爱莎……"她的声音听起来有些纠结，接着清了清嗓子说，"我知道这是爱莎唯一的选择。我和爱莎变得生疏，是因为我生气了，我认为她从我身边抢走了你，让你陷入危险之中。"

"她当时是试图救我，妈妈！"

"是的，我知道，只是当有些事发生在自己的孩子身上时，妈妈就会觉得难以接受。看看阿里西亚，已经过去二十多年了，但她仍然认为是我害死了莉娅。她也知道是美洲狮杀死了她，但依旧觉得是我的错。可怜的阿里西亚。"

"确实很可怜。如果她可以的话，她会把你和我都置于死地！她解救布拉维塔只是想要复仇！"

"我知道，而且我也不想成为她，我现在愿意做一切能够帮到你还有爱莎的事。我不能和你同行，我也不想那样做。但至少，我能保证还有一个屋子，还有一个家，随时欢迎你们回来。"

"妈妈，你现在站都站不起来啊。"

"噢，怎么会站不起来呢？"她把毛毯放在一边站了起来。"嗒嗒，"她说着展开双臂，像马戏团的开场表演一样，但很快又坐了下来，"我只是很累，会好起来的。"

"但如果阿里西亚再来……"

"我还是能做一些事进行防守的。爱莎已经在这里放了有防护作用的石头，但她现在不在，所以这道防线不起作用。我可以试试重新启动它，就连爱莎自己也会觉得很难攻打进来。"

我知道这个房子受到爱莎姨妈的保护，至少以前是这样。这也是当年我被小狸抓伤后，妈妈带我来这里的原因之一。这个房屋、院子、屋后的山丘还有桥，都有爱莎姨妈设立的防护机关。

"记得喂星辰和山羊，"我说，"还有汤普、山雀，还有……"

"好的，"她说，"我会的，过来。"

我没有站起来，而是挪到了妈妈身边，她给了我一

第十一章 奥斯卡的讲述

109

个大大的有力的拥抱。

"照顾好自己。"她说,"这是命令,知道了吗?"

我点了点头。

"我不是一个人。"我安慰妈妈说。什么也不是、阿库斯、奥斯卡和我,再加上一只乌鸦幼雏、一只榛睡鼠还有一只小猫,也许都不是那么强大,但比什么都没有强。

"我们会照顾好彼此。"我说。

Chapter 12
第十二章
竖琴歌曲和湿透的裤子

我深深地注视着图图橙色的眼睛。我的一只手里握着从爱莎姨妈家的旧冰箱里找到的死老鼠,另一只手腕上坐着图图,它正一脸疑惑地看着我。

"美味的老鼠,"我说,"胖乎乎、软绵绵、几乎刚刚被抓到,非常新鲜……这是给你的!"我拎着老鼠的尾巴,把它递到图图的嘴边。

图图看了一眼老鼠,又看了一眼我,眼神里依旧写满了问号。

"你只需要帮我们一个忙,"我说,"一件非常容易的事,对你来说完全是小菜一碟,就像用爪子挠脖子一样。"猫头鹰可以用爪子挠脖子吗?不会不能吧。它们都能把头完全转过去,它们的脖子就像是一个转盘。

阿库斯用看疯子的眼神看着我。

"你为什么不直接说想让它做什么?"他问。

"嗯,我有自己做事的方法。"我说,"我打起兴致说的时候效果最好。"

他并没有完全被说服,但也没再说什么。

"如果你能告诉我们卡赫拉在什么地方,"我说,"那么不需要任何其他代价,这只美味的老鼠就是你的了。"

"听起来你好像在做广告。"奥斯卡说。

"你也要掺和进来吗？你是女巫还是我是女巫？"

"你是。"奥斯卡说，"很好，我只是觉得，如果你要以电话推销为生的话一定会饿死的。"

图图拍打着翅膀，接着把嘴向前伸了伸，咬住了我手中的老鼠。"咕——咕——"几秒后，它就把老鼠吞进肚子里了，连着皮、毛、骨头，整个吞了下去。

"唉，好吧。"我还以为它会先给我们指路，再吃老鼠。但也没关系。"来吧，图图，给我们指路，但是要记得我们不会飞！"

它从我手腕上飞了起来。如果它直接飞走了，我该怎么办呢？但它并没有。它落在小溪另一边路旁的松树上。很明显，它在等我们跟上它。

"真的有用！"我抑制不住惊喜地大喊，"走，出发吧，它在等我们！"

我们匆匆赶往溪边，不知道它愿意等多久——猫头鹰不是有耐心的动物。我转身和妈妈挥手告别，她站在窗边冲我努力地微笑，但我知道她心里充满了担忧。我第一次懂得了她内心的感受，因为我也同样在为她担心。如果阿里西亚再回来怎么办？妈妈能站起来了，但不能坚持太久。这一次，妈妈已经用尽了一切力量赶走了阿里西亚。她确实成长在巫师家庭，但已经有二十多年没用自己的魔法了，现在她对魔法比我还要生疏。

在到达小溪另一边之后，阿库斯的迷雾小路就出现在我们脚下了。在做计划的时候，我们进行过一番讨论。

第十二章 竖琴歌曲和湿透的裤子

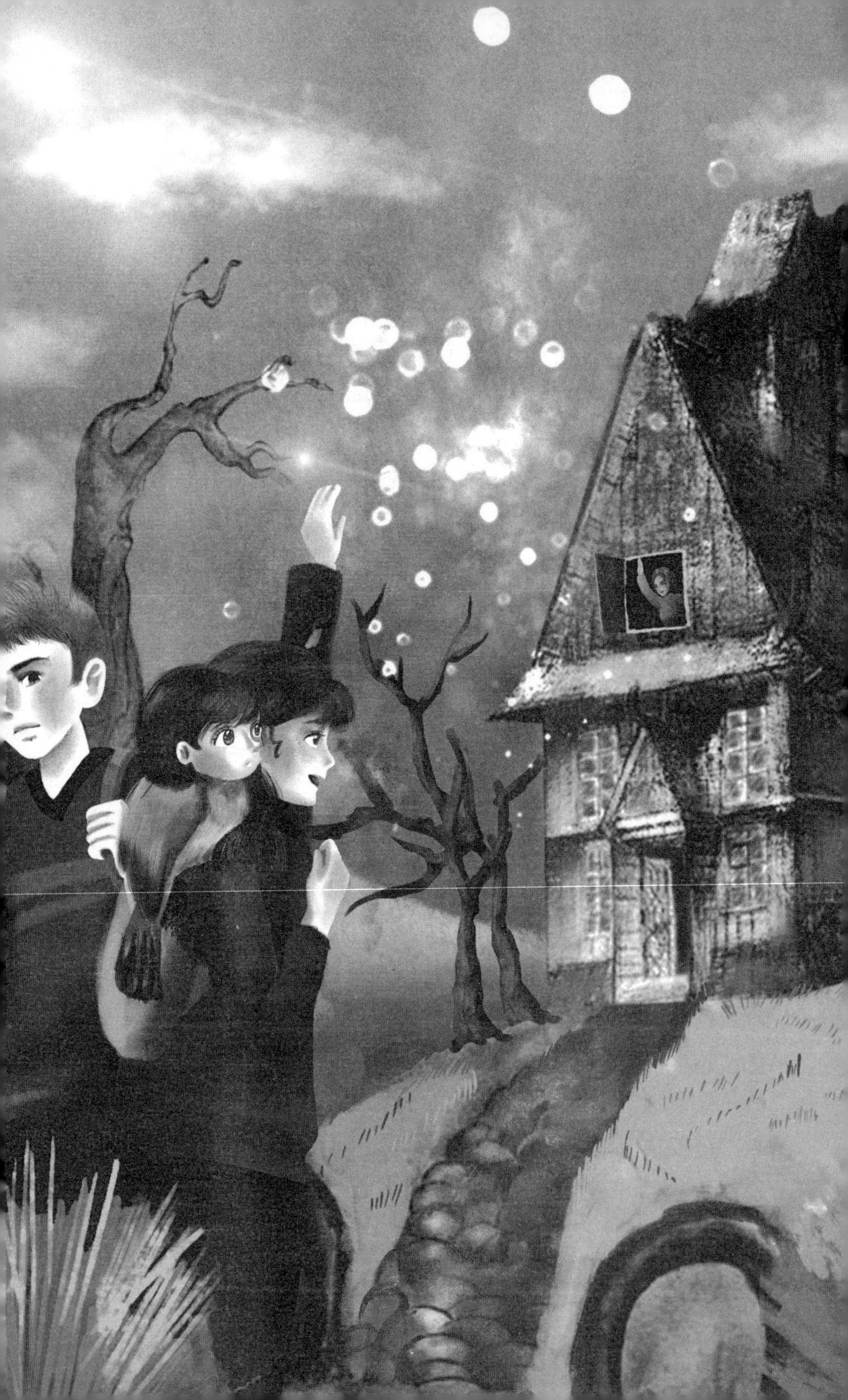

最终，我们都认为跟着图图走是更保险的办法。一方面是因为我们没有人擅长寻找荒野之路，另一方面，荒野之路和柏油大道还有乡间小路一样，最近十分异常，比以前更让人捉摸不透。而且在有树的路上图图也更容易指引方向，因为它有落脚的地方，而荒野之路上一棵树也没有，只有迷雾。

我不能确定卡赫拉是否在回家的路上，只能说有一定的可能。但是不回家的话她能去哪儿呢？无论如何，我能确定她在向南走，而且在巨石阵那儿我们差点儿捉住了她。来自南方的血，敌人之血……你怎么会做出那样的事呢，卡赫拉？

森林从我们身边以一种奇怪的方式高速划过。今天的光线更加闪耀，似乎一切都加快了速度。远处的一株桦树，倏地就到了身边，阳光倏地透过树枝，我们全身沐浴在光线中。迷雾小路突然动了起来，好像有了生命一样。我们沿着图图飞行的轨迹穿越森林，朝着一片田野前进，途中看到了强健的牛，我们路过一个小村庄，面朝着一片湖——湖？

"快！"阿库斯说，"不要傻傻地站着，要不然会摔倒的。"

我蹲下来，两只脚在迷雾中越陷越深，在我下方除了湖水和水草什么都没有，我的注意力完全被分散了。

水花飞溅。

我掉进了湖里，肩上还背着背包。小猫在最后一刻

第十二章 竖琴歌曲和湿透的裤子

115

挣脱了我的衣服，什么也不是疯狂拍打着翅膀，用尽它所有学过的技能努力飞了起来。但我没有翅膀，湖水灌进我的鼻子和嘴里，混杂着水草的味道。我难受极了，慌乱中，我喝了一大口湖水，肯定也不小心咽下去了一些蝌蚪和其他小动物。我努力浮到水面上，把眼睛里的水擦掉。还好离岸边不远，于是我便狗刨着游过水草，游到岸上。

过了一会儿，其他人也来了。但他们都没像我这样全身湿透，奥斯卡也没有。只有我，完全落进了水里。

"我完全没有预料到还要在水上行走。"我生气地说。

"我们也不知道，"阿库斯义正词严地说，"我们只是在迷雾小路上行走。"

"是的，至少我们之中有些人就是这么走的。"奥斯卡憋着笑说。

无论是对于掉进水里的那个人，还是嘲笑别人的人来说，这都既尴尬又不好笑。与此同时，这样的玩笑非常不合时宜，而且这样的处境有些危险。我所有衣服都湿透了，还好背包里的东西都用塑料袋包裹着，里面有一件妈妈坚持让带着的保暖上衣、几件干净的内衣还有几双换洗的袜子，但没有干裤子。如果我们继续往前走的话，我一定很快就会觉得很冷。我最不希望发生的事就是生病，而且我那只受伤的胳膊好像也愈发疼痛了。我不知道是因为刚才用它努力划水，还是因为太冷了。

"你不能变戏法似的唱一首歌，让你的衣服在三秒之内变干吗？"奥斯卡问。

"我是一个女巫，"我说，"又不是一个魔术师，怎么能这么简单？"

"我不知道啊，我又不是巫师。"

我把一条毛毯裹在腿上，试着用另一条毛毯擦干头发，但毛毯是羊毛制成的，并不能吸太多水。幸好太阳照耀着，尽管没那么温暖，但也不至于像寒冬一样冰冷。

"我需要篝火，"我说，"或者一个烘干机，如果我们能找到的话。"

"烘干机吧，"奥斯卡说，"更快一些。"

最后，我们返回刚才经过的一座房子前。这座房子是白色的，有红色的屋顶，前院里还种着苹果树。奥斯卡和我走到屋前敲了敲门，留下什么也不是还有阿库斯藏在柴火堆后。

"现在是中午，"奥斯卡说，"家里一定没人。"

但我觉得应该有人，我能听到屋里传出的音乐和狗叫声。我又敲了敲门，比上一次更重一些。门把手是金属做的，像一只马掌。

最后，门打开了。屋里站着一个金发长腿的女孩儿，拄着一对拐杖。

"提萨，坐下！"她冲着想要绕过她和客人们打招呼的黑色小狗说。"对不起，我开门需要点儿时间，因为我还不能完全控制它们。"她挥了挥其中的一只拐杖。

"你的腿怎么了？"我问，因为她的一只脚上安了某种灰色的塑料装置。

第十二章 竖琴歌曲和湿透的裤子

"韧带。"她简短地回答，似乎这个词可以解释一切，"你们有什么事吗？"

"唉，我掉进了河里。"我说，"所以……我想，你们有烘干机吗？"

"有，"她笑着说，非常有礼貌，完全没有要嘲笑我的意思，"请进。"

在我的裤子和T恤在烘干机里旋转的同时，我们坐在了饭桌边。

"我叫莎拉，要先吃点儿午饭，"女孩儿说，"你们饿了吗？"

"有点儿饿。"我礼貌地回答道。

"很饿。"奥斯卡诚实地说。

不出一会儿，我们就咀嚼起了可口的香肠。如果不去想藏在柴火堆后面的阿库斯和什么也不是，也不去想卡赫拉和最后一颗乌鸦蛋的话，我们就像是在普通的一天拜访了一个朋友一样。莎拉比我之前猜想的大一些，她二十二岁了，在附近的马术学校工作。

"在我还没有挂着拐杖的时候……"她说着动了动其中的一根拐杖，拐杖差点儿摔在地上。她很善于交谈，小狗也爬上奥斯卡的大腿向他示好，或者可能是它闻到勇士在奥斯卡的口袋里拉便便了。

"提萨，坐下！"

那只黑色的小狗只好一屁股坐在地上，但头和前肢还在尽力伸向奥斯卡的大腿。

莎拉无奈地做了个鬼脸。

"它不过是只体型大一点儿的小狗，"她解释，"我试着教它长大，但是……"

"没关系，"奥斯卡说着挠了挠提萨的耳后，"我自己也养狗。我们现在听到的音乐是什么？"

不太像普通的流行音乐，更像是民谣之类的，我猜应该是用竖琴弹奏的，还有一个女声在吟唱，是一种非常特别的音乐。

"是一个叫卡米拉的乐队，"莎拉说，"你喜欢吗？"

奥斯卡点了点头。

"很好听，"他说，"有那种梦幻的感觉，是吧？"

"你说的可能是复古吧，"莎拉笑着说，"好像没有太复杂的旋律和伴奏，对吗？"

"是的。"奥斯卡表示同意，但他以前更喜欢嘻哈音乐和重金属，"但还有其他元素……有一些魔法的意味，不是吗？"

莎拉大笑起来。

"这也和我想的一样，"她说，"你有手机吗？"

"有。"

"网上有几首歌可以下载，等一下。"

她用一条腿跳着走进自己的卧室，拿出一台笔记本电脑。显然她没有耐心去拄拐杖。

"看，"她说，"这是他们的主页……"

在她演示的时候，我发现自己之前其实听过这些音

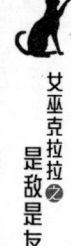

乐。但我听得不太多，因为主唱和乐队的其他人大概都和我妈妈年纪差不多，他们的歌延续了过去的演唱风格。但显然，奥斯卡已经沉浸其中了，似乎已经忘记了我们正在拯救世界的秘密旅途中，现在我们只是在等烘干机里的衣裤干透了。我猜他可能对莎拉有些好感，尽管她对他来说年龄太大了些。

"我猜我的裤子应该已经干了。"我说。

"还没有听到结束的响声。"莎拉说。

"确实，但是我们还有急事。"

奥斯卡也不情愿地点了点头。

"的确如此。"他说。但在我从烘干机拿出差不多干透了的裤子时，他还在赶着下载两首卡米拉的歌。

"谢谢。"在我们出门的时候，他再次表达感谢，"音乐很好听！"

莎拉笑着，在提萨想要跟着我们出门前冲我们挥了挥手，关上了门。

"为什么用了这么长时间？"什么也不是问，"阿库斯担心极了！"

"奥斯卡要和住在这儿的莎拉探讨音乐。"我说，尽管这么说可能不太公平。我的牛仔裤还是有些潮湿，所以我们并没有在这里浪费太多时间。

图图一直盯着我看，好像我是一只让它想要一口吞下的老鼠。无论如何，它没有抛下我们飞走。

"我们的时间不多了，"阿库斯说，"不久之后，最后一只乌鸦就要破壳而出了，爱娅说那只小乌鸦现在很没耐心。"

"形势这么严峻吗？"我说，"那卡赫拉一定会放慢速度了，带着一只幼雏赶路要比带着一颗蛋麻烦多了。"

"你觉得爱娅麻烦吗？"阿库斯问，看起来他很着急。

"不，不是，没那么麻烦。但需要很频繁地喂它，不是吗？"

"我刚刚喂过它了。"他认真地说。

"是的。"我说，"但我不是这个意思，我只是在想……"

"如果卡赫拉压根儿不知道怎么照顾乌鸦幼雏怎么办呢？"他问。

"她是女巫。"

"还要做乌鸦蛋的妈妈。我们完全不知道她要拿蛋——或者说乌鸦幼雏做什么。"他说。

确实是这样。我依然忍不住去回想那个我认识的卡赫拉——她永远不会故意伤害动物。踩碎乌鸦蛋的一定不是同一个卡赫拉，而是那个让小猫还有我遭受电击的卡赫拉，是那个说她不再是我的朋友的卡赫拉。

我不知道那个卡赫拉会对一个刚刚孵化出的小乌鸦做些什么。

"我们最好快点儿。"我说，同时背上了背包。

Chapter 13
第十三章
蛇的诡计

终于，我们在夜幕降临之前赶到了卡赫拉家附近。站在离她家不远的地方，我们能看见卡赫拉和她爸爸住的房子。

尽管天已经黑了，但余温还没有完全消退，温热的空气笼罩在我们脚下金色的沙滩上。我们身后的灌木丛中长着许多棕榈树，硕大的蝴蝶挥舞着蓝色的翅膀从我们身边经过。在离我们不远处一块平坦的石头上，趴着一只巨大的蜥蜴，活像一只小恐龙。图图若有所思地盯着它，最后确定自己不能一口将其吞下。

"就是这儿了。"阿库斯指着前方说。

在离海岸几百米的地方，有一个小岛。它像一顶帽子漂浮在深蓝色的海水中——一顶黑色和绿色交织的帽子，周围是白色的阴影。那白色的是沙滩，黑色和绿色的是长满了热带植物的悬崖和沟壑。一群红绿相间的鹦鹉从沟壑中飞起，轻轻掠过水面，回到树上。

我揉了揉眼睛。我们已经在迷雾小路上走了一整天了，只在给爱娅喂食的间隙休息了一下。前一天我基本没合眼，也许也正是这个原因，眼前波光粼粼的碧蓝色海面看起来并不像旅行宣传册里的风景画，而是无法跨越的天堑。

"她为什么要住在岛上呢?"我说。

奥斯卡对眼前的一切充满了好奇。而且,他昨晚睡觉了。

"这完全是一座宝岛啊!"他说,"我们竟然到了!"

他说得对,完全不可思议。其实更让人觉得出乎预料的是,我们没有选择普通的荒野之路,而是走了迷雾小路。走在荒野之路上就像是在飞——看不清沿途的风景,四周都是灰茫茫的大雾,而道路的另一头则是一个全新的地方。可能就像在雪天登上了飞机,而飞机降落后就到了温暖的海滩,可以享受透过棕榈树叶的阳光。这么想来荒野之路也没什么特别的。走迷雾小路则不同,要经过房屋、高山和树木,越过旷野、溪流和湖泊,有的时候还要在水上行走。在我掉进水里弄湿了裤子以后,阿库斯尽量让我们在地上行走——这样我们能看风景,能闻味道,能感受气温的变化,还能看颜色的更迭……而且也在一天之内从透着凉意的春天"仅仅"通过行走就抵达了这里——这种体验精彩极了,这就是魔法吧?是的,这就是魔法。

阿库斯重重地坐在沙滩上。我能看出他太累了,几乎都没有力气抬起头来。从我的视角来看,他细小的脖子都快支撑不住沉重的脑袋了。我在他身边也坐了下来。

"你做得太棒了,"我说,"你让我们有了一段精彩且准确的旅行。"

他什么也没说,只是坐着,手里捧着爱娅,小心翼翼地用食指抚摸它脖颈儿上的绒毛。

第十三章 蛇的诡计

125

"爱娅是世界上仅存的两只乌鸦壶乌鸦之一，"他说，"我不希望它变成最后一只。"

"不会的。"我坚定地说，"我们休息片刻，就立即找一条通往小岛的路，可以走迷雾小路，或者还有其他选择。"

他毫无知觉地朝着斜前方倒了下去，爱娅担心地发出了一声细小的叫声，但其实他只是睡着了。

"我们现在要点篝火吗？"我问奥斯卡，"还是说，这样做太危险了呢？"

"你不觉得这里已经足够温暖了吗？"他说，"如果你想要光的话，我们有灯。"

最后，我们只吃了一点儿背包里的食物，喝掉了剩下的矿泉水。我把蜡烛放在玻璃罐里，点燃了它。我们还有一个从爱莎姨妈的急救箱里找到的小手电，但它的光很弱，而且我也想节约它的电池，所以就没有用。我给妈妈发了一条短信："我们到了，一切顺利。爱你的克拉拉。"这不是世界上最动听或者最长的信息，却是我现在所有能够想到的话。

"奥斯卡？"

"怎么了？"

"我很开心你来帮我，但你确定不需要回家吗？"

他思考了片刻。

"我知道自己在做什么，"他说，"这种感觉很好。"

我也睡过去了。我能听到海水拍打沙滩的声音，还有身后热带雨林嘈杂的声音——它们来自昆虫、飞鸟、猴子等等。如果用荒野感知来"听"的话，我估计耳朵完全要聋了吧。但我实在是太累了，就算是吼猴在我身边大合唱也不会把我吵醒。

当我醒来的时候，发现身体一动不能动。我正躺在离沙滩不远的棕榈树下，但身下却在不断地起伏。

是船，我在船上，而且被绑住了。有什么东西绑住了我的脚踝，但我的手腕和脖子是可以活动的。

是蛇。我正想动一动，突然看到其中的一条正在离我的脸大概一米多的位置张开嘴巴，冲我发出咝咝声。

"你最好安静地躺着。"

我艰难地转了一下头——是卡赫拉，她正坐在船首。这是一艘划艇，划船的是几只猴子，手臂很长，乌黑的脸上长满了毛，牙齿上都是黄渍，黑黑的眼睛无比空洞——这就是我对它们的印象。

但现在我最关心的并不是猴子，尽管能让它们这样训练有素地划船非常不容易。

"卡赫拉，"我小心翼翼地说，"你能让蛇松开我吗？"

"不能。"她只说了一个词。

完全没有解释，也没有抱歉的话语。她坐在船头的座椅上，看起来不像一个女巫，更像一个公主。她穿着一件金色加粉色的丝裙，一条带花的围巾松松垮垮地披在肩上，纤细的手腕上戴了至少十条金手链。她看起来充

第十三章 蛇的诡计

127

满了异域风情,就像童话里走出的人物。但她的眼神里满溢着哀怨,她不时地扯着手上的金链,似乎完全不想戴着它们。

周围还是这么湿热,汗珠布满了我的肌肤。我们头顶的天空一片漆黑,星辰点缀在上面,从雨林里传来的嘈杂声也减弱了。波浪柔和地把船抬起,抬得很高,在船摇摆的时候我心里一阵惊慌。

"奥斯卡?"我轻声叫道。

"他还在睡,"卡赫拉说,"阿库斯也是,还有动物们。我只叫醒了你。"

"叫醒?"我还以为我是自己醒来的。

"你想做什么?"她说,"你想就这样闯入我爸爸的防护区,不让我知道吗?"

"可是……"

"为什么你不能待在家里?"她说,"为什么你要跟着我?"

"因为你带走了一颗乌鸦蛋!"

那是最后一只乌鸦,我心想。如果爱娅没有同伴的话,乌鸦之母的力量就从此终结了。

"你怎么把我们弄到船上的?怎么能做到……在不叫醒我们的情况下?"

"这里只是我的后花园。"她说,"我认识这里的每一个动物,小到昆虫,大到鲨鱼。哦,对了,这里有鲨鱼,所以要小心不要掉到海里。你们都不告诉我一声,就躺在我的沙滩上睡觉。你真的以为我发现不了吗？"

这样做确实很欠考虑，我心想。但我们实在是太累了，人们在极度疲惫的时候也会变笨吧。

"很简单，"卡赫拉说，"下巴底下有一个部位，只要轻轻一按，说'睡！'，人就会睡着，不管发生什么都不会醒来。"

"催眠？"我问，"你说的是催眠吗？"我在一次魔术表演中看到一个催眠师这样做过。但他当时找的位置是在脖子上。台上有很多人，当他按一下他们脖子上的一个地方，说"睡！"，那些人的头就都向前垂了下来，和木偶一样。我当时就觉得有点儿恐怖，虽然那些都不是真的。卡赫拉又是在哪里学会的催眠术呢？

"你可以这么说，"她说，"不管大家叫它什么，管用就行。"

船又是一阵起起落落。我脖子上的蛇挪开了一点儿。它的皮有一些凸起，但依旧很光滑，我隐约还能感受到它表皮下的肌肉。它的身体温暖又干燥，和大家想象的冰冷又湿润有些不一样。我闭上眼睛，试图用我的荒野感知去感知这条蛇的命脉。在这儿，它的心脏缓慢悠闲地跳动着，就在我躺着的地方。这个爬行动物现在只想暖和地睡觉。

"睡吧，"我心想，"松开，松开点儿……"

我终于能顺畅地呼吸了。蛇的身躯朝着我的胳膊那边挪了挪——用一条蛇的眼光看，我的臂弯里现在温暖又

第十三章 蛇的诡计

129

舒适。但是这一切被卡赫拉发现了。

"停下!"她说。蛇受了一些惊吓,肌肉收紧了,再次发出了咝咝声,醒过来继续看守我。"你以为你是比我更厉害的女巫吗?你以为你能在不被我发现的情况下抢走我的蛇吗?"

不,我当然不比卡赫拉强大。

"你想怎么样?"我问。

"让我爸爸回来。"她说,"很难理解吗?"

我想到了爱莎姨妈,想到了我以为妈妈也变成了一尊雕塑时那可怕的瞬间。

"不难理解,"我说,"但我实在不明白你为什么一定要踩碎那些乌鸦蛋,还偷走最后一颗。这样做对你和米拉肯达大师有什么帮助吗?本来这些乌鸦可能帮我们解燃眉之急。你的做法有意义吗?"

"你真的完全相信那个老巫婆所说的吗?"卡赫拉说,"我说过了,他们只想着保存自己的实力,完全不关心我们,不关心我爸爸。"

"你为什么这么确定呢?"

"我能看得出来,而且我之前就已经知道了。"

"从哪儿知道的?不是从爱莎姨妈那里听到的吧?"

在我提到爱莎姨妈的时候,她不自然地动了一下,接着就不安地摆弄着自己的金手链。

"爱莎并不是无所不知。"她说。

"她也从来没这么说过。但无论如何,她知道不能对人或动物施以电击,不能杀死还没出生的幼雏,不能违背人们的意愿催眠他们。卡赫拉,你到底怎么了?你从哪儿学到这些的?"

她没有回答,只是迅速地弯下腰摸了摸我的喉咙,就在刚刚被蛇控制的地方。

"睡!"她说。

Chapter 14

第十四章

拉米亚

再次醒来的时候，我已经不在船上了。我最先看到的是有些污渍的翠绿色丝质靠垫，上面的痕迹可能是我睡觉时流口水留下的。可以说，如果有谁强迫客人睡着，那得到这样的回赠也是理所当然的吧。

我的头就像南美洲音乐中的一种打击乐器——沙槌，就叫这个名字，里面的所有东西似乎都因为摇晃被混在一起了——我感觉连上下左右都分不清了。如果卡赫拉的催眠术在人们醒着的时候也发挥作用，那该怎么办呢？魔术表演里的催眠师可以让人们去做那些最愚蠢的事：有一个穿着考究的老人单脚站立，像一只公鸡一样打鸣，还有一个女人以为自己能下蛋——当然都是一些很搞笑的事情。但如果现在卡赫拉说我应该……对什么也不是很凶残，或者做其他类似的事，或者打碎最后一颗乌鸦蛋……

难道是卡赫拉自己也被催眠了，所以她的表现才如此异常吗？

唉，我怎么会知道呢。我的胃里突然一阵翻江倒海，我抬起头，发现我们被关起来了。

"克拉拉，你知道我们在哪儿吗？"是奥斯卡在问。

"不知道。"我说。

这个房间像普通的客厅那么大，但天花板更高一些。

这儿没有窗户，闻起来有一些地下室的味道。倾斜的蓝色屋顶上挂着一个硕大的水晶灯，闪闪发光，上面镶嵌着巨大的宝石，仿佛冰锥一般。四周的墙面和屋顶一样是蓝色的，角落里有一些红色、绿色和金色的脚线——有三面墙是这样。第四面墙其实不能算作是墙，是一排高高的金色栅栏。除了很多舒适的丝质靠垫外，这儿什么家具都没有，所以看起来有点儿像小时候幼儿园的活动室。

阿库斯也醒了，担忧地坐着，不停地挠爱娅胸前的羽毛。

"它不想吃东西，"他说，"它不喜欢这里。"

"是卡赫拉，"我说，"她在我们睡着的时候把我们控制起来，让我们继续睡，直到她让我们醒来。"

"就像催眠？"奥斯卡立即问，"太酷了！不，我的意思是……"

他突然意识到这样做没有那么酷，特别是通过这种方式。

"我们之中应该有一个人警醒地守夜。"我说，"那样的话，至少她就不会这么轻易得手。"

"我们现在在岛上吗？"奥斯卡问。

"我猜是。我醒来的时候我们正在船上，但她又让我睡了过去。"

什么也不是躺在一个靠垫上，两条腿和爪子朝着空中，现在还没有睁开眼睛。它躺着小声叫道："噢，噢，噢……"而且我能看到它蓝色眼皮下面的眼珠在动。小猫蜷缩在一只大鸟笼里，看起来异常焦躁。我伸进去一根手指，轻轻抚摸了一下它的头，但这并不能安抚它。鸟笼子的门上挂着一个大锁，但没有钥匙。

"阿库斯，"我说，"你能从这里出去吗？"我还记得，在大家都以为是他打碎乌鸦蛋的时候，他突然消失了。

"我不知道，"他有些害羞，"那次我没有使用迷雾小路，也没有靠意念去做，只是突然就到了另外一个地方。但……我们是在小岛上，对吧？乌鸦蛋在的地方。我们在找到乌鸦蛋之前哪儿也不能去。"

他说得很有道理。

"爱娅能感觉到那颗乌鸦蛋吗？"我问。

他点了点头。

"就在不远处，这个方向。"他指着栅栏外。

我完全看不到门——这里除了墙就是栅栏，如同监狱一般。但我们现在既然在里面，就说明这地方可以进出。

"嘘，"阿库斯说，"有人来了。"

我什么也听不到，但小猫曾经"说"过，阿库斯的眼睛和耳朵异常灵敏，像猫一样。

确实是。漆黑的走廊里透出一道翠绿色的光，接着，一阵浓郁的花香和青草味儿飘来，好像在提醒我们，有人来了——她罩着翠绿色的面纱，穿着金色的凉鞋，两只脚非常小巧，纤细的双手上涂着金色的指甲油，乌黑的头发里别着一朵白色小花。她胳膊上戴着螺旋状的金色手

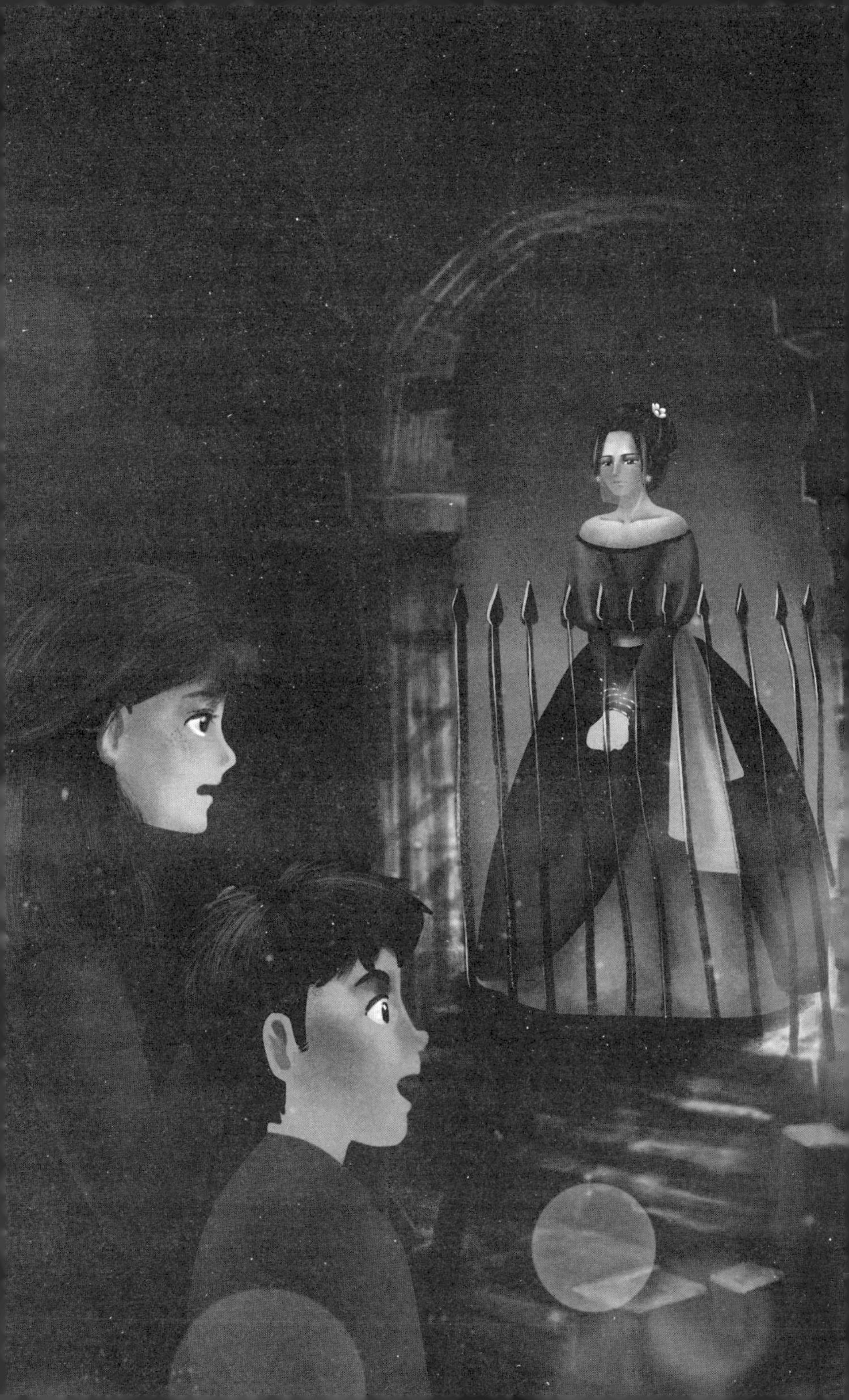

环，两只耳垂上都挂着精致的金耳环，上面装点着细碎的花瓣状宝石。她的眼睛像卡赫拉的一样——乌黑、庄重又美丽。

"欢迎！"她说。

我很少会使用"高雅"和"甜美"这样的词——它们都太过书面化，而且一般是在很古老的书中才出现，但应该也没有其他词语能用来描述她的声音了吧。

"嗯……谢谢。"奥斯卡说，他就像刚刚从最喜欢的电脑游戏中走回现实里。

也不能怪他，眼前的这个女人太美了，令人实在无法相信她是真实的存在。

"我叫拉米亚，"她说，"很开心终于能当面问候我女儿的朋友们。"

卡赫拉的妈妈，天啊，不是吧？但仔细想想也很相符。能从眼睛看出来，这是卡赫拉的妈妈。

卡赫拉从来都不愿意提起她。我唯一知道的是，她曾经突然消失了——去了哪里，为什么消失，我不知道。也正因为这样，爱莎姨妈才成了卡赫拉的荒野女巫教练。这也是卡赫拉非常努力练习魔法的原因之一。她曾经说过，她想像妈妈一样厉害。不，不是她想，而是她要。对她来说，似乎这是世界上最重要的事情。

看来卡赫拉的妈妈已经回来了，就站在这里，充满活力，俨然一位电影明星。

"我很抱歉不能更好地招待你们，"她说，"但正如你们所见,我是这里的囚徒。"她说着指了指栅栏。

什么?

"我觉得我们才是被关在里面的吧。"我脱口而出。

她笑了,发出了银铃般的笑声。

"不是吧,我希望不是。我的女儿给你们留下了这样的印象?"

难道不是吗?一开始是用蛇绑架我们,而且现在小猫就被关在笼子里。

"她让我们睡了过去。"我说。

"也许她觉得这是坐船最舒服的办法?"拉米亚用猜测的语气说。

"不,"我说,"我觉得不是。"

拉米亚精致的眉头突然紧锁。

"我希望她没有表现得不礼貌。原谅我,但你们知道吗?在过去的五年里,我都不能和自己的孩子说话。她被人从我身边带走了,我再也不能见她,也不能碰她……想象一下,这对于一个母亲来说多么残酷。"一滴晶莹的泪珠在她的脸颊上划出完美的曲线。

"怎么,为什么呢?"什么也不是惊讶地张开嘴看着拉米亚。

"卡赫拉的父亲,"拉米亚说,"他把我囚禁在这个古老的迷宫里,让我远离了深爱的天空和日光。但这不是最糟糕的。最糟糕的是,他对我的女儿撒谎,说我消失了,说我离开了她。怎么可能!我永远都不想离开自己的孩

第十四章 拉米亚

139

子啊!"

"米拉肯达大师?"我说,"米拉肯达大师把你囚禁在这里?"

"他不是卡赫拉的父亲吗?"她问,"当然是他。"

我实在实在难以相信。待人彬彬有礼,总是那么智慧、那么乐于助人的米拉肯达大师?在卡赫拉到爱莎姨妈家学习魔法时,一次不误地接送她走荒野之路的米拉肯达大师?穿着驼皮外套,棕色皮鞋擦得锃亮的米拉肯达大师?

"你确定吗?"我问,"我没有任何冒犯的意思,但……"

"我难道不知道囚禁了自己五年的人是谁吗?"

"难免会听到这样的话,"奥斯卡小声说,"举止文雅的男人往往有一地窖的阴暗秘密……"

"但是,我认识他,"我回答道,"完全不应该啊。"

"我知道这很难让你们理解,"拉米亚长叹一声,"这是自然而然的……也许让卡赫拉来解释会更好一些。"她展开双臂,优雅得像天鹅展开翅膀,接着用清脆的嗓音一展歌喉,那声音绝对会让每一个歌手心生嫉妒。我情不自禁地惊叹,这个女巫不像我一样只会说唱。

我们头顶的钟声敲响了,接着就听到了嘎吱嘎吱的声音,水晶灯上的宝石也互相敲打着,叮咚作响。一条地毯从上面向下展开,卡赫拉从上面走了下来,后面跟着一只灰色的猴子。它端着一个盘子,上面有两个茶壶和一些被子。这看起来有些像马戏团,同时很诡异。端盘子的猴子显然不受自己控制。

"卡赫拉,"拉米亚说,"我告诉你的朋友们,是你父亲把我囚禁在这可怕的牢狱里,可是他们不太相信我说的话。"

卡赫拉先看了一眼她妈妈,又看了一眼我——注视了良久。

"是真的,"她用那种极其尖锐冰冷的声音说,"他欺骗了我五年。我是在几周前才知道妈妈并没有离开我们。"

她说得那么轻巧,好像在谈论一件和自己没什么关系的事。我难以理解,她怎么能听起来那么……那么无所谓。

"是他撒谎了,"拉米亚说,"对吧,我的小公主?"

卡赫拉点了点头,就一下,极其短促。

"可怜的卡赫拉,你一定想我了吧?你一定很痛苦吧?你要知道,我也很痛苦!"拉米亚从栅栏里伸出手。卡赫拉走近她,这样拉米亚就能抚摸到她的头发了。但拉米亚没有注视着卡赫拉,而是在看我们。"他说是为了卡赫拉才让我们分开,但他在撒谎。你们能想象吗?把一对母女分开,还撒出了这样的弥天大谎!但现在我们终于又找到了彼此。我美丽的珍珠,当你的朋友们知道你为什么把他们带到这里来,他们一定会帮助我们的。"

猴子把托盘下方的腿儿拉出来,这样它就变成了一张矮矮的桌子。拉米亚指了指,猴子就把桌子推到了栅栏

旁边。

"你们都坐下吧,"拉米亚说,"睡了那么久,你们一定渴了吧?"

猴子在桌子旁边摆好了几个靠垫,奥斯卡坐下来,目不转睛地看着拉米亚,他看起来好像在做梦。

"我们能帮什么忙?"他问。

"如你们所见,我现在还被困在这里,"拉米亚说,"尽管卡赫拉很想帮我出去,但是她做不到。唯一的办法就是走出迷宫,但其中的秘密只有卡赫拉的父亲知道。没有指路人我就自己逃跑的话,可能会要了我的命。我已经尝试了五年,但至今还没找到出口。"

"我们能帮你找到出口吗?"听起来,奥斯卡似乎已经完全做好准备,打算奉献出自己的生命来解救这位美丽的女士。

"是的,如果你们愿意并敢于帮助我——而且如果乌鸦也快要破壳而出了的话,就太好了。因为还需要乌鸦之眼来一次看清所有可能存在的出口,从而选择那条正确的路。"

"这样啊,我们已经有一只乌鸦了。"奥斯卡飞快地回答,我没来得及阻止他——只能在他说完以后迅速踢了他一脚。

"嗷呜!你踢我干吗?"

"因为你缺心眼儿,是一个傻瓜!"我心想,但没说出口。不过,要是卡赫拉已经发现了阿库斯衣服底下藏着的乌鸦幼雏，应该也没必要掩饰了吧。

"对不起，"我说，"我不小心碰到的。"

"我能看看它吗？"拉米亚说，"那只小乌鸦。"

阿库斯展开一直挽成弧形、保护着衣服下的爱娅的两只胳膊。

"它不喜欢这里，"他说，"也不喜欢陌生人。"他说出的最后几个字高亢有力，与平时的温顺平和比起来，甚至透露出一丝挑衅的意味。

拉米亚思考了片刻。

"我必须得说，你和它太亲密了。以后，你会很难把它转交给乌鸦之母。"

阿库斯咬着嘴唇。我不知道，是不是在拉米亚说出这句话之前，他已经想到这些了。

"他们会好好照顾它的。"他说。

"当然，"拉米亚说，"但到那时它也不再是你的乌鸦了。"

阿库斯低下头嘟囔了些什么，我们其他人都没有听清。

"你说什么，我的孩子？"拉米亚温柔地问。

"我说……乌鸦之母知道怎么做最好。"

"他们当然会这么说。"拉米亚说着笑了一声，"但我觉得让你们分开太痛苦了，既然现在这只乌鸦——你叫它什么？"

"爱娅。"阿库斯小声说。

"既然现在爱娅这么喜欢你,你也喜欢它,那么,那样做不只对你来说难以接受,我的朋友,对它来说亦是如此。如果它自己能做选择的话,你猜它会选你还是选乌鸦壶那些年迈的乌鸦之母?"

阿库斯沉默了许久。

"我。"他不安地说道。

"它被强迫去不想去的地方,不是很可怜吗?"

这次阿库斯没有回答。他只是抬头看着她,藏在凌乱刘海儿下的眼睛里带着焦虑。

"也许还有别的出路。"拉米亚优雅地说,"如果现在把乌鸦蛋还给乌鸦之母,那只乌鸦就可以去陪伴一位成年巫师。这样一来,你和爱娅就可以拥有彼此了。"

"其实我们就是来找这颗乌鸦蛋的。"我说,也为了提醒大家我们来这里的目的。

"乌鸦蛋就在里面,"拉米亚说,"你们需要来取它。我确信像爱娅这么聪明的鸟一定能带你们找到它。在途中,你们要小心陷阱,还有守卫。"

"守卫?"奥斯卡问,"是什么?"

"是……卡赫拉的父亲创造的用来看守我的怪兽。小心,不要让它发现你们。还要记得留下标记,这样你们才能找到出去的路。卡赫拉会给你们一些可能用到的东西。"

阿库斯说乌鸦蛋就在不远处。如果前往栅栏里的唯一一条路就是迷宫的话,乌鸦蛋是怎么进去的呢?只有一种答案,那就是卡赫拉通过栅栏把它递给了她妈妈。

"如果乌鸦蛋在里面的话,"我说,"那你递给我们不就好了。"

拉米亚又发出了一阵清脆的笑声。

"你头脑很清楚嘛,这是我所期待的我女儿最好的朋友说出的话吧。我亲爱的朋友,如果我直接递给你们的话,爱娅还有什么理由带你们穿过迷宫呢?这样一来,我就再也无法拥抱我的女儿了,而只能透过阻隔在我们之间的冰冷的铁栅栏……"她美丽的黑色眼睛注视着我,真像卡赫拉啊,"这些金色的栅栏看起来闪闪发光,但里面只是铁,而我就是一个囚徒。我只是想出去见我的女儿,这很难理解吗?在我出来以后,你们就能带着爱娅和乌鸦蛋回去找乌鸦之母了,如果你们依然认为这是最好的办法的话。"

"听起来很合理啊。"奥斯卡说。

我很了解他,他一定很想去体验迷宫,好像他最喜欢的角色扮演游戏要变成现实了。

"奥斯卡,"我说,"如果死在这里,那就没法儿尝试其他新鲜事物了。"

"我知道啊。"他说,但他看起来还是充满了渴望。

我很难理解男孩儿们,比如奥斯卡,我并不能完全搞懂他在想什么。

"我想带着小猫一起去,"我说,"鸟笼的钥匙在哪儿?"

"小猫?你的荒野伙伴叫这个名字吗?"

第十四章 拉米亚

145

"是的。"我答道。

看来，她的意思是说，我取名时的想象力应该再丰富一些。当然，她不认识我的另一个荒野伙伴小狸。

"我觉得它最好留在这儿，"她最后说，"为了保险起见。这样你们也有理由快点儿穿过迷宫，不是吗？"她笑了起来，仿佛在讲笑话。但我知道她那样说并不是为了好玩儿。她能感觉到我不像奥斯卡那么相信她，小猫就是她的"人质"。

小猫用前爪抓鸟笼的栅栏，发出低沉的叫声。它不满意这样的决定，我也是。

"我想带着它！"我重复道，说得无比坚定。

"你这样做是不是有点儿自私呢，我的朋友？"拉米亚说，"它可能会受伤的。底下有很多洞，小猫很有可能会不小心掉下去。"

"很危险吗，那个地方？"什么也不是问。

"我相信你们能做到。"拉米亚说，"来，喝点儿，吃点儿，做好准备。迷宫在等你们。"

WILD WITCH

Chapter 15
第十五章
迷宫

"那些猴子怎么了?"我问卡赫拉。也许,我只是想换个话题,不愿意去想那黑暗的迷宫吧。

"什么意思?"卡赫拉看了我一眼。她的脸色憔悴,表情仿佛凝固了,但至少不是那种伤人的尖锐和冷酷。她就像蒙上了一层公主的面纱,虽然她穿的是裤子而不是裙子,但也是丝质的。她还是不像那个曾经的朋友卡赫拉。

"它们是动物仆人吗?"我问。动物仆人是指那些被迫放弃自己的天性,不再有自己意志的动物。我认为,让一个动物成为仆人比杀害它们还要残忍,但我尽量不夹杂过多的评判。

"它们当然不是,"卡赫拉的声音听起来好像受到了冒犯,"它们是侍从,和动物仆人完全是两回事。"

"什么侍从?"我问。

"它们属于这里,它们为我妈妈的家族服务,一直以来都是这样。我们也很尊重它们。"

"那为什么它们的行为举止完全不像猴子?"

"有的时候,它们会像它们自己。"

"什么时候?等它们下班的时候?"

"要教会它们应该会的技能需要花费很长时间,所以它们很少有空闲时间……"

"所以它们一直在工作？没有真正的自由时间？"

卡赫拉皱起了眉头，这个表情几乎和以前的卡赫拉一模一样。

"我爸爸不希望我们训练新的猴子，"她说，"所以即使它们都很老了也还在这里。没有它们，我们的生活很难自理。他还说，它们受过训练，所以已经忘记做猴子是什么感觉了。如果不让它们当侍者，它们可能会陷入迷茫。"

其中的两只猴子在我们旁边步履艰难地行走着，带着我们的大部分行李，还有我的背包。它们没穿衣服，其中的一只脖子上戴着一根宝石项链。

"卡赫拉……"我说，"你爸爸为什么要把拉米亚关在迷宫里呢？"

"最好还是不告诉你吧。"

"为什么？如果我们现在要把她救出来，那么首先弄清楚她到底为什么在这里，不是更好吗？"

我们正走在小路上，卡赫拉停下了脚步。两旁都是类似棕榈树的植物，厚大的叶片向四面八方伸展着。植物下方的土地和家里的很不一样，不是棕色的，而是红砖那样的颜色。尘土飞进鞋里、袜子里还有鼻子里，我们满身尘土，好像刚从砖厂参观回来一样。

在卡赫拉停下的时候，猴子们也站住了，彬彬有礼地等着。卡赫拉折下一段树枝，在地上比画着什么。

"我妈妈想自己教我，"她说，"但我爸爸觉得她不应

第十五章 迷宫

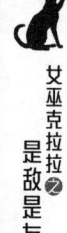

该那样做。"

"但这也不足以把自己的妻子关进牢狱。"

"对他来说就该那样做。"她还在地上写写画画,我这才发现她并不是在随手乱画,而是在写字——地面上赫然写着几个大字:她能听见我们。

"怎么会?"我问。

卡赫拉只是摇了摇头。

"没时间说这些了,"她说,"我们要在乌鸦蛋破壳之前赶到。"

迷宫的入口更像是一个洞口,而不是常见的模样。它隐藏在一堆岩石下,岩石上方长满了郁郁葱葱、开着淡紫色花朵的墨绿色藤蔓植物,那些花就像一个个小喇叭。猴子们放下行李,卡赫拉从她腰间挂着的刺绣袋子里取出了一些小水果。

"谢谢,尺谷。"她说,"你们现在可以休息了。"她偷偷瞄了我一眼,我确定她让猴子们休息只是因为我刚刚说的那些话。那只叫尺谷的猴子满怀敬意地接过水果,举止文雅地吃了起来。一点儿果汁流到了下巴上,它轻轻擦去,舔了舔手指,同时一直站在那里注视着卡赫拉。

"你们走吧。"她说。

两只猴子转过身走了,它们小心翼翼地直立行走,手臂一直垂到膝盖。它们看起来并不像普通的猴子,也没有任何野性的感觉,更像两个在办公室上了一天班,终于拖着疲惫的身躯回家的人。

"好啦,"奥斯卡说着摩拳擦掌,"我们去找那颗蛋吧!"

这就是我们来这里的原因,但我还是觉得有哪里不太对劲。我并没有真正得知,为什么待人彬彬有礼的米拉肯达大师会把拉米亚囚禁在迷宫里;为什么他们为了找到迷宫的出路,要摔碎其他乌鸦蛋;为什么卡赫拉在地上用树枝写下"她能听见我们"……我有种不祥的预感,但也不能说什么,因为不知道这些话应不应该被拉米亚听见。她还扣着小猫,显然并不是因为担心小猫跟着我们会遭遇不测。

"这个迷宫到底是怎样的?"我问卡赫拉。

"它一直在这里。"卡赫拉说,"很久很久以前,它就在这里了。有许多古老的传说,有人说这里以前是墓穴,有人说里面有宝藏,还有人说宝藏就放在里面的墓穴里。我妈妈说都不是。她说这里以前是一个巨大的魔法轮,用来捕获宇宙的力量,把它们聚集在一个点上。现在魔法轮大部分都被破坏了,所以也没用了。"

"你一直住在这儿,"奥斯卡问,"你真的从来都没去里面寻找过出路吗?"

卡赫拉摇了摇头。

"我不能,我爸爸禁止我那样做。他说这里极其危险,至少有四层,有的地方桥都损坏了,一直被大水冲刷。人走上去随时可能会掉下去——当然这些陷阱都是

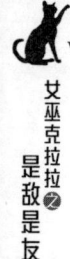

用来阻挡他人进入的。所以，真的很危险。不过他告诉我这些，肯定也是害怕我去找妈妈吧。"

什么也不是发出了焦虑的叫声。

"噢不，噢不，"它问，"我们真的要去那儿吗？"

阿库斯抬起头。

"我们必须要去找乌鸦蛋，"他说，"爱娅说小乌鸦快要破壳了。"

"爱娅能说出它在哪儿吗？"我问。

"它会帮我们的，"阿库斯说，"但它现在还不能飞……"

是啊，它要是能飞的话就太好了。我心里默默地说，如果现在爱娅可以飞到前面，提醒我们陷阱之类的该多好。

图图，图图去哪儿了？自从在对岸的海滩上睡着以后，我们就再也没见到它了。

"图图……"我喊道，"你在这儿吗？我没有老鼠了……但我非常希望你能帮帮忙。虽然很难解释缘由，但总之还是为了救回爱莎姨妈。"

我等了片刻，没有任何回应。

"它可能已经飞回家了吧，"奥斯卡说，"也有可能正坐在树上睡觉。它本来就不擅长白天飞行，但你昨天让它飞了一整天……"

"不能再等了，"我说，"我们出发吧。"

眼前是一扇门，将近三米高，比普通门宽两倍都不止。墨绿的大树看起来有些年纪了，门的正中间一个硕大的带有迷宫图案的铜盘好像是一种指示。在那一瞬间，我多么希望这是一个简单的迷宫，但它显然不是——屹立了几百年的入口里有无数小洞口。此外，卡赫拉还说里面至少有四层。在死胡同和岔路中向左向右走已经会使人迷路了，更何况还要上下走。

卡赫拉从背包里掏出了一把绿色的钥匙，打开了入口处的门。我们带着很多工具——绳索、绳梯、长棍、提灯、指南针，还有一个空气探测仪——卡赫拉说它可以帮我们避开那些可能让人无法呼吸的地方。此外，我们还带了一大桶彩色涂料，用来标记走过的路。

但指南针并不能指引我们去正确的方向，所以实际上是爱娅和阿库斯带路。

最开始，通道两侧是破旧不堪的挂满古老挂毯的墙，几乎看不清上面画的是什么，但我大概猜到是正在等待我们的危险：画上的小人儿一失足，掉进了陷阱里，然后被利器刺穿。也有淹死的，或者双手下垂、舌头伸出嘴巴的——一定是中毒而死的，我猜。

奥斯卡也盯着画看，不由自主地张开了嘴巴。

"如果你现在敢说'哇，好酷'之类的话，看我不打你！"我龇牙咧嘴地对他说。

他又合上了嘴巴。

"好的，"他说，"但你要承认这有些精彩，不是吗？"

我更愿意称其为令人毛骨悚然，我的胃已经由于害怕而拧作一团。但我只是对奥斯卡摇了摇头。

第十五章 迷宫

153

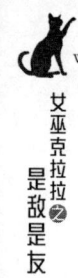

"你真的不太聪明。"我说。

远处又有一扇门，上面挂着一颗死人的头颅。

"好吧，"我说，"我猜我们找对地方了。"

卡赫拉又拿出一把钥匙，打开了这扇门。

"然后……我也不知道了，"她说，"现在真正的迷宫开始了。"

这里有三种选择——向左、向右、直走。如果直走的话，就要向下走，布满灰尘的楼梯一直通往无尽的黑暗中。

我看了看阿库斯。

"我们应该走哪条路呢？"我问。

"爱娅说我们应该下楼。"

奥斯卡在我们旁边的断墙上用彩色涂料画了一个箭头。接着，我们走下楼梯。奥斯卡走在最前面，接着是我和什么也不是，然后是阿库斯，最后是卡赫拉。

比起外面的温热来说，这里凉爽了许多，但是还不算冷。这里的味道很难闻，有股发霉和腐烂的气味。接着是两个分岔路口，阿库斯和爱娅都选择了向下走，每走一步都更加寒冷，味道也更令人作呕。

所有过道都很相似，全是从石头里凿出来的，然后用石头或木头做支撑，只是有的地方顶比较高，有的比较低，但实则没有太大的差别。目前，我们还没有发现什么地方断裂，或者有特别的气体，或者……

突然传来一阵破裂声。

"小心!"奥斯卡大喊一声,后退了一步。然后他和我都摔倒了,什么也不是飞起来紧张地叫喊着。我们的上方隆隆作响,刹那间有水飞溅下来。

"回来!"

还是奥斯卡在喊。他站了起来,但我还需要点儿时间。我那只受伤的胳膊撞到了,现在极其疼痛。就算上次没摔断,我确定这次肯定是断了,这种感觉就像一条树枝插进了胳膊里一样,但现在躺在地上喊疼也没有用。水在接连不断地流下来,一半的过道已经被乌黑的脏水灌满。我弄丢了提灯,也来不及去找,现在最重要的就是离开。

我们蹚过污水,爬回上面的过道。不过一会儿,污水就填满了我们刚刚在的那层,而且没有任何要退去的迹象。

"大家都还好吗?"奥斯卡问。湿透了的勇士用两只前爪蹭了蹭鼻子,接着打了好几个喷嚏。

"啊哦,"什么也不是带着哭腔说,"现在怎么办?"

"我们要下去。"阿库斯说着,气馁地看着这个地下的"游泳池","我们能游过去吗?"

只是想想,我就觉得胳膊酸痛。

"我觉得不是个好主意。"奥斯卡说,"除了这个水池,肯定会有其他路吧。我还以为乌鸦从来不会犯错……"

"它还很小,"阿库斯说,"它不知道人类要用两只脚走过去,乌鸦只用飞就好了。"

"你能让它下次多加考量吗?"卡赫拉异常尖刻地说。

丝质的衬衣和裤子紧贴在她的皮肤上——她也浑身湿乎乎的,开始像以往一样冷得打战,很像她先前在爱莎姨妈家学习时表现的那样。

阿库斯默默低下头,用手环绕着爱娅,悉心呵护着它。他朝着从衣服里探出的小脑袋嘟囔着什么。

"没关系,阿库斯,"我说,"我们没有受伤。"我只字未提摔断的胳膊。"加油。它说什么?还有其他路吗?"

他用手安抚了爱娅一会儿。爱娅用自己的小嘴顶了顶他的食指,叫了一声。

"它现在懂了,人类不能像乌鸦那样飞过去。我们可以走这边,"他说着指了指右侧的过道,"但要绕很远的路。"

"只要不需要鱼鳃,有肺就行的话,"我说,"那多走几步没有关系。"

Chapter 16
第十六章
蝎子和超级鼠

说要绕很远的路其实一点儿也不夸张,我们仿佛已经在潮湿又难闻的迷宫里攀登、跋涉、行走了好几年。有的地方洞顶太低了,我们必须四肢撑地爬过去。而我则是用三肢,因为一只胳膊使不上力气。还有一些洞实在太小了,我们必须缩着身子才能勉强挤过去。

我眼看就要钻过最窄的一个地方了,正要站起来时,突然感觉有什么东西掉在了头发上,连忙下意识地把它抹了下去。当它落在我面前,卡赫拉快速抓住它时,我才看清那是什么。

是一只蝎子,一只肥大的白蝎子,差不多和我的中指一样长。它竖起尾巴随时准备攻击。幸好,它还没有蜇到我。

并不是只有这一只,洞顶上、墙上、地上,布满了成群的白蝎子,它们裹着坚硬的白壳,长着有力的钳子和灵活的尾巴。它们在这里靠什么为生呢——应该不会总有想要探索迷宫的人从这里经过吧?那这里一定还有其他昆虫,可能还有老鼠。这些蝎子没有眼睛,但它们感觉到了我们的存在。也许,它们能闻到我们的气味,或者感受到我们的体温吧。

走在我前面的奥斯卡像石头一样僵住了,一动不敢动。

"让它们走开！"他喊道，"我身上有吗？"

其实他的背上有两只，但他并不知道。目前，它们只是趴在上面，好像在取暖。

"卡赫拉，"我小声说，以防它们不喜欢听人的喊叫声，"你能告诉它们我们不会做任何伤害它们的事吗？"

"不伤害它们？"什么也不是叫道，"是它们会伤害我们吧。看它们的尾巴！"

"蝎子可能没有很强的攻击性。"我说。希望我说的是对的。我最近一次读爱莎姨妈给的那本关于动物的书已经是很久之前了，里面有一个章节"伤口和蜇咬：荒野世界的有毒动物"，当时我惊讶地发现，蜘蛛、扁虱、蝎子都属于同一个家族。

"怎么才能避开它们？"奥斯卡说，"在我们离洞顶只有半米，还不得不爬过去的时候。"

"所以我们要让卡赫拉帮我们，"我说，"我们能用什么方式把它们聚集在一起吗？这样就不会踩到它们了。"

"把它们聚集起来？"奥斯卡说，"你疯了吗？"

"不，"卡赫拉若有所思地说，"这确实是个好主意。这儿——用这个袋子。"她把一个塑封袋里的几片面包倒了出来，把袋子递给了我，"我一定会确保它们不蜇你。"

她开始用低沉的声音轻声哼唱荒野之歌。几秒之后，我就看到那个被我扔到地上的蝎子渐渐放下了尾巴，似乎不那么生气了。

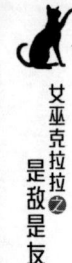

"现在？"我问。

"是的，现在。"卡赫拉说着，继续唱。

我谨慎地伸出手，捏住离我最近的那只蝎子。它缓缓地试探性地动了一下钳子，但尾巴依然平静地耷拉着。我把它放在袋子里面，然后把它的同伴们从墙上和地上一只一只捡起来。我尽力加快速度，把奥斯卡背上的两只蝎子接连拿了下来。

"你在做什么？"他问。

"嗯……你的背上有两只……"我坦白告诉他，"但现在我帮你拿下来了。"

他哆嗦了几下，就像刚刚从冰冷的水里站起来，水面正好没过泳裤。他依旧站在原地一动不动。

"奥斯卡。"我接着说。

"怎么了？"

"你前面还有几只，但我够不到。"

"你是说让我……"

"这儿太窄了，我们换不了位置。最好你能抓住它们。"

我又听到了一阵哆嗦的声音，能感觉到他闭上了眼睛，但我看不见他的脸。

"给我袋子。"他接着说。

能看出，这对他来说不是件容易的事，但他克服了心理障碍，先拿起来一只，然后第二只，第三只……最后把地上密密麻麻的蝎子都放进了袋子里。袋子几乎要满了，而且一直在动，里面的蝎子在彼此的身上爬，但没有一只试图蜇我们。

"现在,你可以继续前进了。"我对奥斯卡说。

拉米亚提起过的守卫,会是蝎子吗?应该不是,因为她的意思是守卫只有一个。目前,我们还没见到……它,还是他?我应该问仔细一点儿的,但谁知道会不会听到真实的回答呢。

等我们爬出去,终于能站起来的时候,大家都松了口气。我们把蝎子们放生了,奥斯卡用彩色涂料在墙壁上写下:"蝎子。注意!"

阿库斯指着一条更大更宽的通道,大家都欢欣鼓舞,但他看起来有些犹豫。

"这儿有……"他说,"爱娅不清楚人类能不能走在前方的地面上。"

"哦——"我沮丧地叹了一口气,"图图在该多好啊。"

"你们还有我呢。"什么也不是说。

大家突然安静了。虽然什么也不是的飞行技能不算太好,但如果只需要在地面上方低飞,它应该不会飞不稳,而且在翅膀累了或者身体失去平衡的时候它还可以落在地面上。但在一片漆黑的通道里,如果撞到墙的话也将是一场灾难……它怎么才能看到路呢?它可以一只爪子拿着灯,同时不失去平衡吗?

"你确定?"我问。

"你说过,应该多想想自己能做什么,而不是不能做什么,"它坚定地说,"而且我现在比以前飞得好多了。况且,这段路也没有太远。我现在先飞进去看看,一会儿就回来。"

说得也对,但我还是为它捏了一把汗。我们把最小的灯绑在它的右脚上,然后看着灯光一明一暗地消失在黑暗里。我不知道它到底能不能看清路,但它应该撞在了墙上,因为里面传出一阵"噢不,噢不"的惨叫。等它飞回来的时候,绑在脚上的灯已经不见了。

"对不起。"它说着咚的一声落在了地面上,"噢不,噢不,阿嚏!"它的羽毛和绒毛四处乱飞。"我弄丢了灯,"它说,"但我看到了!在高高的顶上挂着一些东西,底下有一座木桥。我确定,只要一踩在木桥上,顶上的东西就会掉下来。那应该是石头,它们就装在一些网里。我们如果试着走过去的话,就会被砸成煎饼泥!"

"没东西叫这个名字吧,"我说,"要么是泥,要么是煎饼。"

"哦,这样,但是无论如何,结果都是被砸扁。"什么也不是说。

奥斯卡看向阿库斯。

"还有其他路吗?"他问。

阿库斯摇了摇头,"爱娅说这一次只有这一条路。"

"或者,我们可以先往桥上扔一些大石头。"我说。

"什么意思?"卡赫拉问。

"这样,挂在网子里的东西就会掉下来,然后我们再走过去。"

我突然意识到,卡赫拉现在这样说话,好像一切——所有那些关于乌鸦蛋和敌人之血的事——都没有发生过。在她让蝎子平静下来的时候,我完全没有再去想那些事。我只是单纯地信任她,像以前一样。

我想,人们当然不能按下一个按钮,就让一段友谊就此消失,而且也不应该那样做吧。我现在可以信任她吗?当我们——如果我们——穿过迷宫找到了乌鸦蛋,接下来会发生什么?

我们开始寻找石头,把它们扔向黑暗。那盏被什么也不是落在里面的灯散发着微弱的光,但我们还是看不清目标在哪里,在多次尝试之后,依然什么也没有发生。

"不管用。"奥斯卡沮丧地说。他擦了擦额头上的汗珠,扔这些大石头可是一个力气活儿。随后,他小心翼翼地用食指挠了挠勇士的脖子,"看,如果你是一只有着秘密身份的超级鼠的话,你就能跳进里面,爬到网边上,用你无比锋利的锯子一样的牙齿咬断绳索。"他揉了揉一只眼睛,在揉眼睛的同时掉下了一滴眼泪。现在,我们大家的身上都青一块、紫一块,而且脏兮兮的,还擦破了皮,有人的指甲盖也折断了。一身公主打扮的卡赫拉也是如此,涂了银色指甲油的指甲折断了两根,身上都是泥。

"我们还有水吗?"奥斯卡问。

我从书包里拿出一瓶水递给他。他咕嘟咕嘟猛喝了几口,好像动画片里的人物,接着把剩下的水也灌进了喉

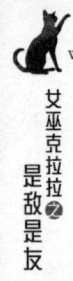

咙里。

"勇士，"他说，"勇士，回来……"

小小的榛睡鼠已经不在他的口袋里了。它消失在了无尽的黑暗中。奥斯卡想要追上去，但我抓住了他的胳膊。

"你要变成煎饼泥吗？"我问他。

"但是，勇士……"

"它会回来的，"我说，"你在这里等就是了。"

"但是，万一石头掉下来……"

"不会的。"我说，"我确定必须是比榛睡鼠重的人踩上去，石头才会掉下来。"

突然里面传出一阵震耳欲聋的声响。接着，一股强大的气流夹杂着灰尘和小石子向我们迎面袭来。

"勇士！"奥斯卡大声喊，"坚持住！我来了！"

灯散发出的光几乎无法穿透弥漫的灰尘。碎石接连不断地从顶上掉下来，因此我们不能确定现在进入这个通道是否正确。万一这些石头砸到了勇士……

"等等。"我说。但这次奥斯卡完全没有回头，我只好跟了过去。

大部分木桥已经碎成了火柴棍儿，在两个桥墩之间横着一块掉落下来的岩石。

"阿嚏……"

前面传来一声细小的喷嚏声——勇士正坐在那块最大的石头上，用两只前爪把鼻子擦得锃亮。它的身体除了

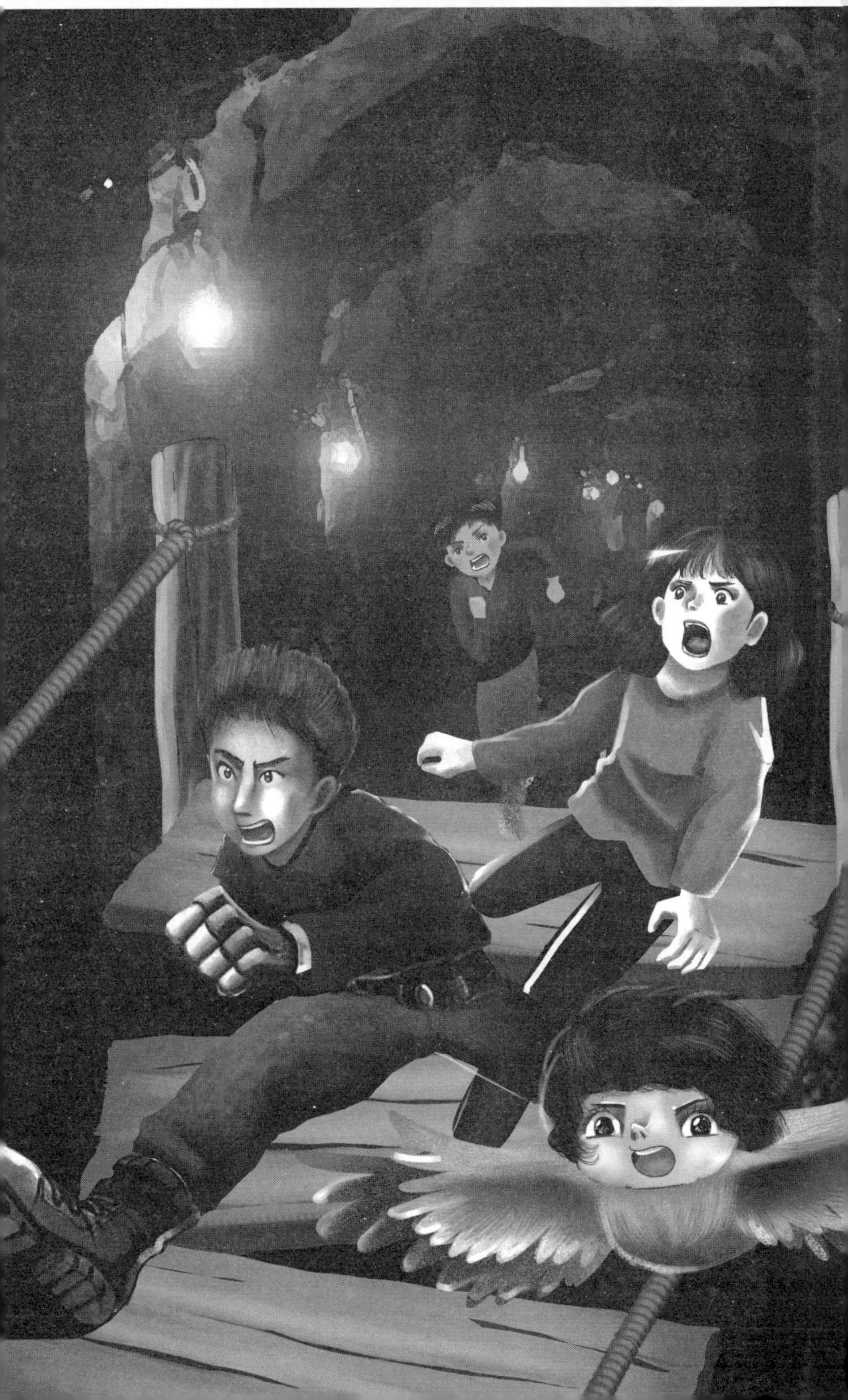

脸上暗色的"面具"以外,都被尘土染成了灰色,但它毫发未损。

"勇士……"奥斯卡几乎要哭出来了,"你太厉害了,但是以后不能再让我这么担心了。"话刚刚说了一半,他就停下来。也许,他在想最好不要太责备一只老鼠,或者更准确地说,一只榛睡鼠。

"克拉拉,"他说,"你猜……如果……"

"怎么了?"

"我只是在想,这有点儿奇怪。我刚说完那些话,勇士就跑进去,然后石头就掉下来了。会不会是它听懂我说的话了呢?"

"奥斯卡,它不是什么超级鼠,也没有锯子般的牙齿。"

"它确实不是,但是普通榛睡鼠的牙齿也可以咬断一些绳索吧,特别是在绳子已经很旧、有些破损的情况下,就像这个迷宫里所有的东西。"

我注视着勇士小小的黑色面具脸。

"如果你是一个巫师,它是你的荒野伙伴,就有可能。"我说,"但你不是。一定是巧合吧。"

奥斯卡用食指轻轻抚摸着勇士的头。"应该是这样吧。"他说,"但我给它起了一个好名字。如果它不是超级鼠,那它至少超级勇敢!"

WILD WITCH

Chapter 17

第十七章

守卫

"这是什么?"阿库斯突然问。

我们坐在一个隔间里,从高高的顶上透进一丝日光。我们需要稍做休息,吃点儿东西,喝点儿水。四周不再漆黑一片,这让我们感到一丝惬意。我完全不知道现在几点了,然后发现口袋里的手机不见了。

"你拿走了我的手机吗?"我问卡赫拉。

在她回答之前,我看到阿库斯在用敏锐的耳朵捕捉什么——一阵类似口哨的声音传来,轻微的咝咝声不断靠近,声音越来越大。

我嘴里的小面包干突然显得异常干,我站了起来。

"有什么活物,"我说,"它在靠近。"

"坐下来,安静点儿,"卡赫拉说,"这样它们就不会把你怎么样了。"

"谁?"奥斯卡说,"你说什么?"

"蛇。"

突然,我看到了它们,正在地上爬行——黑色、金色、棕色三种颜色的蛇混杂在一起,聚拢成一条暗色的波浪。有那么一瞬,我恍惚又看到了阿里西亚的水蛭大军,但眼前的不是手指一样大小的水蛭,而是卡赫拉说的——蛇。

"刚刚有什么东西让它们受到惊吓了。"她说,"坐下来，安静，让它们爬过去。"

的确，那些蛇似乎对我们并不感兴趣，都匆忙地爬开了。

我不确定自己是否想继续坐在这里看着它们，或者会不会做出一些让它们受到惊吓的事，但看起来我好像没有其他选择。也许我们能到侧廊里躲一会儿？

"走，"我小声说，"坐在这儿傻等太没意思了。我们也不知道这是什么情况，去那边避一避吧。"

"好主意。"奥斯卡说。显然，对他来说，蛇应该比蝎子好不到哪儿去。

我们逃到了几米之外的侧廊里，熄灭了灯。希望什么也不是不要再打喷嚏了，我悄无声息地祈祷着。

口哨声越来越近。现在，我还能听到脚步声——沉重的脚步声，听起来像是一个人或是一个动物。突然，又传来了吸鼻涕的声音。与此同时，口哨声停了下来。接着，脚步声进了隔间。我完全无法屏住呼吸。

它很高，比我见过的最高的人还要高出一半。也许正是因为它，这里的门和许多通道都要修到三米高。它的肩膀像熊一样宽大，胸前长着深棕色的毛。它的脖子像铁道枕木一样粗，但那是必要的，因为它的头像水牛一样，额头上长着灰黑色的角。它的眼睛和牛的一样大，鼻孔又湿又宽，嘴唇发蓝，形似骡唇。它的其他部位更像是人，手指很宽大，上面长满了毛；脚趾平坦，呈铲子状。它穿着一件束腰外套，看起来是用蛇皮缝制的，衣服一直覆盖到膝盖,所以只有最底下露出了强壮的长满毛的小腿。在它的头顶上,每一个角上都挂着一个金环,像海盗的耳环一样闪耀。

"哇,"奥斯卡在我的耳边感叹,"牛头怪!太酷了!"

牛头怪举起两只手,将两根手指戳进了鼻孔里。不,等等,不是两根手指,是两支笛子。在它用气的时候,传出了清脆的笛声,这声音对于眼前的庞然大物来说未免太温柔了些。它的手有些忙乱,很明显,那些粗指头很难准确地找到对应的笛孔进行演奏,所以发出的声音也很难被称为旋律。

就在这时,卡赫拉的空气探测仪发出了刺耳的声音。"关掉。"我尽量压低声音,"关掉。现在!"

但还是太晚了。

笛子掉在了地上。牛头怪转了一圈,胸腔上下起伏着,它发出了一声长啸,差点儿震聋了我的耳朵。接着,他转向侧廊的方向,把牛角插进墙里,我们的脚下开始晃动,灰尘和小石子接连不断地从顶上掉落下来。又是一声长啸,我顿时觉得这次自己是真聋了。我好像也发出了一声勇士那样的尖叫,但自己完全听不到。

我们藏身的走廊顶很矮,牛头怪钻不进来,于是它跪着把巨大的头和角伸了进来,用硕大的手掌抓住了卡赫拉,把她拽了出去。

卡赫拉用力挣扎,但完全无法摆脱。牛头怪用一只手把她举起来,她的两只脚吊在它胸前,离地有两米远。

她试着向牛头怪发出电击，但牛头怪只是抖了一下。接着，牛头怪拿着她上下摇晃，就像玩弄一个布娃娃。

"放下她！"我大声喊着向前冲了几步，这肯定不是一个明智的选择。我用力不断地踢牛头怪坚硬的小腿，这种感觉就像在踢公园里的水泥长椅。

奥斯卡也在大声喊着什么，我猜他只是口齿不清了。他跳起来，拿起我们徒步用的手杖猛戳牛头怪的大腿。但是，这似乎比我踢它的小腿也管用不到哪儿去。牛头怪用另一只手举起奥斯卡，轻轻一扔，就把他扔到了围墙上，奥斯卡随后重重摔回了地面。我放弃了继续踢牛头怪，转身跑向奥斯卡。

"你怎么样？"我问，这完全是一个愚蠢的问题。在受到如此强烈的冲撞之后，奥斯卡显然不能直接站起来。他拍拍灰尘说，只是摔青了几块，但还有知觉。

"我……们……打……不……过……它。"他一字一顿地说，同时还尝试着站起来，"噢，我好像摔断了肋骨。我……我不能……呼吸。"

他的鼻子挤出几个泡泡，血红血红的，这让我惊恐万分。我之前听说，如果摔断肋骨，肺可能会被刺破，就像自行车胎或气球被戳破一样，这样可能会致死。

现在，已经没时间组织优美的说唱歌词了。我用所学过的一切，不管对不对，大声唱了出来，只为能够让奥斯卡呼气吸气。没想到，居然有效果，他不再挣扎着喘气了，鼻子和嘴里冒出来的血色泡泡也消失了。

第十七章 守卫

还有什么也停下了。

原来是牛头怪安静下来了,它不再咆哮,也没有打喷嚏。牛头怪把卡赫拉放回地面——有些用力,她落地的时候直接倒下了。然后,牛头怪把巨大的角对准了我。

它的眼睛巨大而空洞,深棕色的瞳孔如牛眼一般。它伸出一只手抓住我,把我举高,好更清楚地看到我。

"你是谁?"它问。男低音歌唱家们可以回家休息了,我从没有听过如此深沉的声音。尽管它像骡子一样的嘴巴很难咬清楚字,但我还是听出了:你是谁?

"我叫克拉拉。"我说,"如果我们打扰到你的话,对不起,但我们来这里只是想取走一颗蛋。"

它的体内发出轰隆隆的巨响,好像从远处传来的雷声。我知道这个回答很愚蠢,但眼前这个牛头怪把我捏在手里,看着我,就像看一只从未见过的昆虫,我又能对它说些什么呢?

"我再说一遍,"它咆哮道,"没人能进来,没人能出去。"

它的眼里闪过一丝寂寞,我不确定这是一句声明,还是一声警告。

"对不起。"我又嘟囔了一遍。

"唱!"它说,"再来一遍!"

"啊,我不太会……"

"唱!"

它嘴里的唾沫飞溅出来,打到我的脸上,黏糊糊的,有股奇怪的味道。

我脑子里唯一能想到的就是"我知道一个唱得更好的",却没能成功说出口。我想,如果在期待什么的时候却遭到回绝,谁都会沮丧吧,比如现在它想让我唱歌。

突然,响起了音乐,是竖琴的声音,还有悠扬的笛声,接着传来超尘出俗的女音,旋律那么美好,那么空灵。这完全不是我能唱出来的,我发誓。

我立刻听出了这首歌,是奥斯卡在我烘干牛仔裤的时候下载的卡米拉的音乐。这首歌在迷宫里听起来比在莎拉的厨房里更像童话,更有魔力。

"吼……"

这次它没说什么,只是发出一声来自内心的感叹。牛头怪小心翼翼地把我放回地面,自己也俯下身来,接着跪在地面正中央,倾听着卡米拉的音乐。它捡起一只笛子,擦掉上面的灰尘,似乎深知自己永远无法吹出这么优美的曲子。它的眼里闪烁着光芒。我猜,如果现在用锤子打它,它也不会动我一根手指了吧。

"噢……"它又长叹一声,"吼……"两颗晶莹的泪珠从它的眼里滚落下来,一直流到蓝黑色的嘴边。

第十七章 守卫

Chapter 18

第十八章
迷宫的心脏

"这不,你们就到了。"拉米亚说着,从翠绿色的垫子上站起来。

日光在地上投射出大大小小的光斑。绿植顺着高墙,朝着太阳生长着。屋子中央有一座喷泉,在一张矮桌子上——仔细一看是一只长腿乌龟——放着一个银壶,旁边的杯子里散发出薄荷茶的清香,桌上还摆放着几个盛着杧果和菠萝的小碗和盘子。作为牢狱来说,这样的条件足够安逸了。

我们跟着一个猴子侍者走进漆红色的大门,就站在金色和绿色相间的马赛克地板上。我们几个筋疲力尽、蓬头垢面、满身伤疤,与周围高贵典雅的装饰显得格格不入。这儿完全没有乌鸦蛋和小猫的踪迹,而拉米亚看到我们以后惊喜的脸也在我们的意料之中。她眼里闪烁着胜利的光芒,口中发出银铃般的笑声,还鼓起了掌。

"干得好!"她夸赞道,"一定不容易吧!勇气、智慧和不遗余力——这些美好的品质,你们都拥有!"

也许吧——牛头怪在最后不仅一直帮忙找路,还帮我们克服了重重阻碍。没有人能像它那样了解迷宫。

"乌鸦蛋在哪儿?"我问。

拉米亚皱了皱眉头,好像这是一个不合时宜的问题。

阿库斯肯定地指了指挂在墙上的一个黑色的小箱子。

"那儿。"他说。就在此时,我们所有人都听到了一声啼叫——爱娅马上就给予了回应。阿库斯的小乌鸦扇动着毛茸茸的翅膀,伸出脖子。离那儿最近的奥斯卡打开了小箱子。

最后一只小乌鸦,蛋壳在它脚下裂成了两半。它的个子跟爱娅差不多,但是现在还太虚弱,无法站起来。它慢慢地转动脖子,将大大的嘴巴朝向爱娅。阿库斯跪在箱子旁,小心谨慎地把乌鸦幼雏拿起来,放在爱娅的旁边。

"你们是按照我的要求穿过迷宫的吗?"拉米亚问。

我突然发现,她完全没有要去拥抱卡赫拉的意思。这不是她的目标吗?不是要拥抱自己的女儿吗——不用透过阻隔在她们之间的冰冷的铁栅栏,这不是她说过的话吗?

卡赫拉站在原地,注视着自己脏兮兮的脚,双手垂在两侧。她没有向上看,也没有期待拉米亚的任何亲密举动。

"那么,我们回去吧。"我建议,"卡赫拉,你也一起吗?"

她没有反应,根本没有抬头。

"你们见到守卫了吗?"拉米亚问。

"是的,"我说,"但它现在很平静。"

"平静?!"拉米亚无法掩饰自己的惊讶,"我得说,也许它老了,它在这里太久了。"

第十八章 迷宫的心脏

177

这的确是事实。阿斯托恩——这是牛头怪的名字——快要二百五十岁了。它说自己从来没有生过病，而且也从来没有变老过。它不知道为什么自己不像其他生物一样变老然后死去。它不认识生身父母或者创造自己的人，从出生以来就一直在迷宫里，以吃杂草、苔藓和蛇为生。如果有火的话它就把蛇烤着吃，没有火的话就直接生吃。它唯一的休闲娱乐就是音乐，但后来它就不能吹出脑海里原有的旋律了。

奥斯卡允诺送它一支风笛和一个收音机，还有他能找到的所有卡米拉的歌曲。

"走，"我轻声对奥斯卡说，"我们现在走吧，现在还可以……"我对拉米亚没有安全感。

我们完全走不出去。一条蛇在门口站了起来，冲我们发出咝咝声。从迷宫的暗处来了更多条蛇，很多通体是白色的，就像那些蝎子一样。它们有血红色的眼睛，眼里燃烧着愤怒的光芒，看起来犹如红宝石。

"女孩儿，"拉米亚说着指了指我，"男孩儿们，大的和小的，老鼠，鸟类，"这次她指着什么也不是，"还有外面笼子里的小猫，统统杀掉，但乌鸦要留下。"她冲蛇打了一个响指，好像在对一群狗发号施令。其中一条蛇饥渴地朝奥斯卡扑了过去，还好他躲开了，不然就要被咬了。

"走开！"我大喊，但注意力无法集中，身体也失去了平衡，因为我不知道要用最大的声音冲着里面哪一条蛇喊。在使用荒野感知时，我能感觉到它们的愤怒和扭曲。

它们不受自己的意念控制，它们是动物仆人，拉米亚的动物仆人。

"不要。"卡赫拉平静地说。

拉米亚还是转头看了她一眼。

"你说什么，宝贝女儿？"

"我不希望你这样做。"

拉米亚摇摇头。"小可爱，这不是你能决定的，让我来摆平。"她转身再次对蛇发出指令，"进攻！"

"他们是我的朋友！"这次是一声嘶吼，应该说比嘶吼意味更深，是女巫对战时的吼叫。拉米亚太过惊讶，以至于一瞬间失去了对蛇意念的掌控。

"忘恩负义的家伙！你要和你自己的母亲对抗吗？"

卡赫拉已经站在了我们和蛇之间。

"它们必须先杀了我，"她说，"否则，我不会让它们伤害别人！"

"我不需要不听话的孩子，"拉米亚冷酷地说，"也攻击她！"

毋庸置疑，最后一句是对蛇说的。卡赫拉展开双臂保护身后的我们，我能体会到她的感受和想法，能感觉到她的愤怒、羞愧、绝望。我知道她甚至做好了死的准备，她只想在自己倒下之前打败这些蛇。

但有一条蛇离她那么近，她却忘记了它的存在——萨迦，住在她头发里的小黑蛇。

"萨迦，"拉米亚说，"杀了她。"

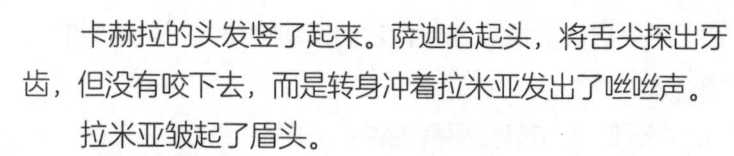

卡赫拉的头发竖了起来。萨迦抬起头，将舌尖探出牙齿，但没有咬下去，而是转身冲着拉米亚发出了咝咝声。

拉米亚皱起了眉头。

"杀！我说！"

突然间，我明白了许多事。萨迦不是卡赫拉的荒野伙伴，而是拉米亚的间谍，至少以前是。拉米亚可以通过它跟踪自己的女儿，也通过它在卡赫拉耳边低语来发号施令。也正是这个原因，乌鸦蛋都被踩碎了，只剩下了最后两个。

拉米亚不想把权力分给任何人，她想独自占有最后一只乌鸦——或者说两只，因为现在又多了一只。这样做的结果是，乌鸦之母的力量被削弱了。这样，在她逃出迷宫之后，再也不会有一群老巫师指指点点地说她应该做什么，不应该做什么了。

可怜的卡赫拉，这个她多年来一直没有停止想念和追寻的妈妈……"我要成为和妈妈一样厉害的女巫……"但显然，这个妈妈除自己之外没爱过任何人。

拉米亚好像变得又高又暗，使整个房间都显得更高更暗。空气中闪起了电火花，我的头发像遭了雷击一样竖立起来。

我的脑海里思绪万千。

如果她让我们每个人都遭受电击会怎么样呢？现在已经毫无疑问，卡赫拉是在她妈妈这里学到这种魔法的。我有一种强烈的感觉，拉米亚就是想要电击我们，但我不知道该怎么阻止她。

我——不——知——道！

但是，时间几乎停住了。

如果现在我不是我了会怎么样？

如果现在我们不是我们了会怎么样？

来自南方的卡赫拉和萨迦，来自西方的什么也不是，来自东方的阿库斯和两只小乌鸦，来自北方的奥斯卡和他体内那一滴女巫的血液以及勇士，还有中间的我和小猫。我有自己的荒野世界，我们一起闯过了迷宫。突然间，我理解了迷宫被创造的原因。我能感受到一股力量穿过它，汇聚起来，凝结在一起，就像用一个放大镜聚集太阳光一样。

拉米亚错了，她说迷宫已经没有用了。现在迷宫依然有用。

"放手，"我轻声说，但这句话凝聚了世界上所有的力量，"放开不属于你的！"

拉米亚张开口想要嘶吼，却发不出任何声音。电光从她金色的指甲盖里消失了。她的头发开始动了起来——黑色的蛇舞动着，爬远了。最后，她的头发变得比乌鸦幼雏的绒毛还要稀疏。

但她没有因此变丑。尽管秃头，她也要比大多数女人漂亮。但当她意识到发生了什么，当她摸到自己光秃秃的脑袋时，她像体内什么东西破碎了一样崩溃了。

她对蛇的控制也彻底失效了。有的蛇爬走了，它们慢悠悠地朝着潮湿的阴影，朝着老鼠，朝着可以躺在上面晒太阳的岩石爬去。它们的思想里已经没有了愤怒，也不想去攻击别人。大多数蛇都是这样。

但不是所有。一条大白蛇绕过我们，它没有理睬我，没有理睬阿库斯和小乌鸦，没有理睬卡赫拉，而是穿过马赛克地板，直到拉米亚赤裸的脚边，接着咬了第一口。

拉米亚一声惨叫，把脚缩了起来。但那条白蛇又咬了一口，她倒下了。她躺在地板上，那条白蛇又朝着她的胸前咬了一口，又锁定她的喉咙咬了一口，然后才心满意足地离开了。

Chapter 19
第十九章
从小猫身上学会的东西

"你恨我吗?"

是卡赫拉在问。我们站在她家房子不远处的沙滩上,阳光照耀着海里的波浪,一只海鸥轻轻拍打着水面,从我们面前飞过。

"不,"我说,"我不恨你。"

"我不信,"她落寞地说,"我都恨我自己。"

"那又有什么用呢?"我说,"我们没有时间去思考这样的问题。还有那么多应该做的事:我们要把小乌鸦带回乌鸦壶,要去救爱莎姨妈、你爸爸、珊妮娅还有波莫雷恩斯夫人和马尔金先生,要在阿里西亚和布拉维塔让整个荒野世界遭殃之前找到她们。不管你喜不喜欢,你都是荒野世界的一员。如果说我从中学到了一件事,那就是我一个人克服不了这些困难,我需要所有人,包括你的帮助。"

"敌人之血,"她说,"你忘了吗?"

"没有,"我说,"但如果事实完全不是阿里西亚想的那样呢?如果那实际上指的不是你而是你妈妈呢?她扮演成朋友,这听起来不像在说拉米亚吗?"

"可她用的是我的血。"

"是,但你妈妈的血液也流淌在你的体内。"

"这就是我想说的!敌人之血!你为什么不听呢?"

她的眼睛紧闭着,并不是因为太阳太刺眼。我能感受到这一切给她带来了多大的伤害——无论是外在还是内在。

"但是,"我说,"我听到有一个女孩儿站在中间大喊:'不要碰他们,他们是我的朋友!'这可能是你所认为的敌人之血吗?"

她抬起头,用和她妈妈一模一样的黑色眼睛注视着我。

"摆脱掉你没那么容易,是吧?"她最后说。

"是的,"我说,"这是我从我的小猫身上学到的。"

我把脏兮兮的牛仔裤卷到膝盖,露出小腿,小猫飞奔过来想要爬上去。我的腿上还有它先前想要爬上去时留下的抓痕。

"嗷呜!"我大喊,"小心!"

它完全无所谓的样子,爬上来不停地用头蹭我的脸颊,表达与我之间的亲密。

第十九章 从小猫身上学会的东西